돼
지
도
그
래

돼지도 그래

1판 1쇄 발행 | 2019년 12월 25일
지은이 | 박윤경
발행인 | 이선우
펴낸곳 | 도서출판 선우미디어
   등록 | 1997. 8. 7 제305-2014-000020
   02643 서울시 동대문구 장한로12길 40, 101동 203호
   ☎ 2272-3351, 3352 팩스: 2272-5540
   sunwoome@hanmail.net
   Printed in Korea ⓒ 2019. 박영자

값 13,000원

※ 이 책은 2019년 충북문화예술육성지원금 일부로 제작되었습니다.
※ 잘못된 책은 바꿔 드립니다.
※ 저자와 협의하여 인지 생략합니다.
※ 이 도서의 국립중앙도서관 출판예정도서목록(CIP)은 서지정보유통지원시스템 홈페이지
   (http://seoji.nl.go.kr)와 국가자료공동목록시스템(http://www.nl.go.kr/kolisnet)에서 이
   용하실 수 있습니다.(CIP제어번호: CIP2019052438)

ISBN 978-89-5658-630-4 03810

돼지도 그래

박윤경 에세이

선우미디어 sunwoomedia

내 육성의 작은 그림

'문학은 육성으로 그린 그림'이라고 했다.
첫 수필집 '멍석 카페' 언어의 한 다발
멍석 위에 펼쳐놓자마자 기진맥진했다.
크지 않은 캔버스에 담은 작은 이야기
딱 그만큼이라는 것도 알았다.

우리 집 시간에 맞춘 그림
다시 생활 이야기를 담았다.
'돼지도 그래' 2집이다.

돼지 아빠는 입만 열면
돼지우리 이야기를 늘어놓는다.
온 가족은 귀를 막지 않는다.

돌돌 말린 돼지 꼬랑지가 하늘을 향해 올라가듯
하늘만 쳐다본다.
"돼지도 그래"로 끝날 때까지
기다린다.

나만의 색이 담긴 육성의 그림
제2집을 독자들에게 선보인다.
늘 함께해준 문우들께
감사하다.

2019년 세밑에

박윤성

차례

2 희망 적금

1

대
파
꽃

일이 손에 잡히질 않는다.

재롱부리는 모습이 아른거려 텃밭으로 향한다.

풀잎을 스칠 때마다

밤사이 내려앉은 이슬이 발목에 감긴다.

누렇게 떡잎을 달고 있는 조록싸리나무는 굽은 허리로 인사한다.

그 옆에서 남천 나뭇잎은 변신 중이다.

추울수록 더 아름다운 잎,

이들은 서로 다른 삶을 살면서도 이웃하며 정겹게 살아간다.

밀어내지 않고 어울리며 아름다움으로 숲을 이룬다.

나무에 맺힌 이슬을 쓸어본다.

손바닥에 흠씬 적셔진 이슬이

손자의 미소처럼 상큼하다.

– 본문 중에서

이리 와 봐

2층 창가에 기대어 하늘을 바라보며 커피를 마신다. 가을 하늘이 어찌나 청명한지, 답답하게 쟁여진 가슴앓이가 짜르르 흡수되어 파란 눈물로 흘러내릴 것만 같다. 한참을 바라보자니 마냥 자유로운 여행을 만끽하는 구름에 심통을 부리고 싶다. 괜한 화풀이를 쏟아 낼 것 같아 두타산을 가로지른 고속도로에 시선을 둔다.

진천을 지나 중부고속도로를 달리는 차들이 둔하게 움직인다. 추석 물량을 실어 나르느라 많은 차가 몰리면서 도로가 지쳐 있는 것 같다. 저 고속도로처럼 나도 처져 있다. 명절이 코앞으로 다가오면서 마음은 분주한데 아침부터 요란한 남편의 부름에 화승이 끓어올랐나.

"이리 와 봐."

언제부터였을까? 목청이 낮은 어머님과 남편이 나를 찾을 때마다 '에미야! 이리 와 봐, 당신 이리 와 봐.'라고 부르기 시작한 때가. 기억을 더듬어 보자니 둘째를 낳고부터이지 싶다.

부부로 살아온 지 31년이다. 그동안 아이들 키우면서 농장 일에 매이다 보니 어떤 습관에 젖어 살아왔는지 몰랐다. 내가 손자를 안아본 이즘에서야 뒤치다꺼리에 익숙해져 있음을 알았다. 내 몸 구석구석에 기운이 빠지고 점점 사소한 것에 신경 쓰는 것조차 귀찮다. 아픈 곳이 늘어나면서 식구들이 나를 찾는 것 또한 버겁다.

추석 준비에 종종걸음 치는 것을 보고도 눈치 없는 남편이 부른 것에 단단히 탈이 났다. 급행으로 끓어오른 날 선 화증은 내 이름이 "이리 와 봐"냐며 남편에게 쏘아붙이고 말았다. 남편의 작은 눈과 입 모양이 둥그렇게 원을 그리며 어이없다는 듯 바라만 보고 있다.

근래 들어서는 어머님과 남편이 나를 부를 때면 못 들은 척 설거지를 부산스럽게 한다. 답답한 남편은 내 옆으로 다가와 또 다시 나를 부른다. 그때부터 열이 치민다. 그동안 살아오면서 서운했던 일까지 떠올라 언성이 높아진다. 아마도 남편이 나를 부르고 나면, 어머님도 어김없이 '에미'

를 찾을 것에 대한 방패막을 치는 것 같다.

오늘도 설거지를 하며 그릇을 빠득빠득 문질러댄다. 남편은 부름에 답이 없자 답답한지 옆으로 다가와 안 들리느냐 묻는다. 들고 있던 수세미를 턱 내려놓으며 강한 어조로 말했다

"어찌 부르셨습니까. 세상이 '갑'과 '을'이 바뀌어 가고 있음을 모르십니까?"

남편은 야멸찬 아내의 입 모양을 조용히 바라보고 있다. 아내의 심경에 변화가 일고 있음을 감지한 듯하다. '갑'과 '을'이라는 단어에 힘을 주고 나니 우리의 정치 풍토도 바뀌었으면 싶다.

선거를 앞둔 시기마다 후보 '을'은 표를 얻기 위해 유권자 '갑'이 부르면 득달같이 달려간다. 유권자의 손을 맞잡고 어려운 일은 모두 해결해 줄 것처럼 친절하다. 멀찍이 떨어져 걷고 있는 시민에게까지 쫓아가 연신 허리를 굽히거나 경로당을 찾아가 무릎까지 꿇는다. 하지만 당선이 된 후면 판세는 확 뒤바뀐다. '을'이 엄청난 힘을 발휘할 수 있는 '갑'으로 변해버린다.

한 집안의 진짜 주인은 살림을 책임진 안주인이 진정한 '갑'이라 생각한다. 집안 살림이 흐트러지고 식탁이 차려지

지 않으면 평화가 무너질 수밖에 없다. 가정의 살림과 정치는 다르지 않다. 유권자가 없는 정치가 뭔 소용이 있을까. 서로 있을 때 위하고 잘해야 후손도 따라 배운다.

나의 잦은 저항 덕분이었을까. 남편이 요즘 들어 아내를 배려하려는 모습을 보일 때가 있다. 식탁에 수저를 놓거나, 식사 후 빈 그릇을 나르기도 한다.

오늘 또 그 '이리 와 봐' 하는 소리에 작은 소란이 있은 후였다. 남편이 슬그머니 청소기를 들더니 안방과 거실을 말끔하게 돌리고는 말없이 밖으로 나갔다.

평생 몸에 밴 습관이 어찌 하루아침에 다 바뀌겠는가. 이런 소소한 사건에서 배려 받는 느낌이 들 때 나는 한결 마음이 누그러진다. 동시에 친정할아버지가 지어 준 내 이름 석 자를 떠올려본다. 할아버지는 어쩌면 손녀딸에게 노년으로 접어들수록 자유와 평화를 누릴 수 있는 이름을 지어주신 것은 아닐까 하고.

노치원

"어구구!"

외마디 비명이 들렸다. 부엌에서 나물을 무치다 기겁하며 달려갔다. 바닥에는 오줌이 흥건한 채 어머님이 또 넘어지셨다. 열 번째 사고다.

88세의 어머님이 처음 넘어지기 시작한 건 십여 년 전이다. 현관 앞에서 이마가 바닥으로 곤두박질치면서 크게 다치셨다. 가슴까지 심하게 다쳐 고생을 많이 했다. 퇴원하고 나니 우람했던 몸피가 눈에 띄게 줄었다. 그렇게 좋아하던 춤도 못 추게 되었고 마을회관을 오가는 것도 조심조심 다니셨다. 그리고는 잠시 치매가 오기 시작했다.

변을 의자 밑에다 본다거나 무엇이든 후벼 파는 건 감당할 수 있었다. 제일 힘든 건 한 집에서 밤낮을 가리지 않고 전화를 하는 것이다. 마치 장난하듯 초저녁부터 어둑새벽까지 단축키 번호를 꾹꾹 누른다. 우리가 외출하여 음식점이나 시끄러운 곳에서 전화를 받지 못하면 전화기가 뜨끈뜨끈해지도록 전화를 건다. 그래도 안 받으면 외지의 손주들에게 전화해서 엄마, 아빠가 전화를 받지 않는다며 성화시다. 밤에는 뽁뽁이를 계속 터트린다거나, 우리 방문 앞에서 목이 아픈 흉내를 낼 땐 정말로 신경이 곤두선다.

어느 날 저녁 무렵에는 커피믹스 두 잔을 달라고 했다. 왜 두 잔인가 의아해하면서 드리니 한 잔을 남편에게 내민다. 늦은 시간이라 못 마신다고 하자 냅다 커피를 식탁 주변으로 흩뿌렸다. 식탁과 주변 벽에 자잘하게 매달린 갈색 물방울이 내 가슴의 멍울 같았다. 감정이 격해진 나는 멍하니 지켜보고 있는 남편을 향해 애먼 소리를 질러댔다.

"어머니가 저지른 일은 아들 몫이니 당신이 치워요."

아들이 치우는 것을 보고만 있던 어머님은 당신의 행동이 과하다고 생각했는지 그날 밤은 모처럼 조용히 주무셨다.

하지만 이튿날부터 전화 걸기와 방문 앞에서 목청 가다듬기는 다시 시작하셨다. 울화가 치밀어 올라 밖으로 나가서 한나절 쏘다니다 돌아오니 내 의자 밑에 지저분한 것이 잔뜩 쌓여있다. 기운이 쑥 빠졌다. 설움이 복받쳤다. 어머님 앞에 주저앉은 나는 울분이 솟았다. 그런 내 모습을 물끄러미 바라보던 어머님이 말씀하셨다.

"다신 안 그러마. 요양원만 보내지 마라."

평정심을 찾은 것일까. 뜻하지 않은 어머님의 말씀에 놀라움과 동시에 후회가 밀려왔다. 어머님은 자식들이 당신을 요양원으로 모실까 봐 몹시 걱정하신 모양이다. 그 후 며칠 조용해졌다. 궁금해서 방안을 몇 번이고 들여다보고 뭔 일이 있을까 싶어 외출도 못 했다.

얼마 못 가 또다시 넘어지셨다. 노인은 한 번 넘어지기 시작하면 반복적으로 넘어진다. 두 번이 세 번 되더니 나중에는 여덟 번째로 넘어져 오른쪽 넓적다리뼈를 다치셨다. 다행히 수술은 잘 되었지만, 퇴원 후의 몸은 딴판이 되었다. 요실금이 심해 기저귀를 차야 했고 지팡이 없이는 바깥 외출이 어려워 마을회관도 겨우 다니실 정도였다.

평생을 농사로 잔뼈가 굵은 어머님이다. 덩그러니 낮은 의자에 앉아 종일 창문만 내다보시는 어머님은, 수양버드나무 가지처럼 축 처져만 간다. 안타깝기 그지없다.

젊은 시절, 어머님은 쌀 한 가마니는 너끈히 업어다 놓을 만큼 힘이 좋으셨다. 삶의 굴곡을 잘 지켜내라는 운명의 체력이었을까. 남편이 일찍 돌아가셨다. 남편의 유산은 빚잔치와 함께 시할머님과 시아버님 그리고 사 남매였다.

아녀자의 노동으로 식구의 뱃고래 채우기가 어디 그리 쉬웠을까. 손가락이 구부러질 만큼 농사꾼으로 억세게 사는 동안 기력도 다 빠지셨다. 같은 여자지만 남편 없이 가장으로 살아온 것이 존경스럽다.

얼마 전부터 껍데기만 남은 몸뚱이라며 늘그막에 못해본 것 다 해보고 싶다고 했다. 자동차를 몰고 방방곡곡 여행도 하고, 춤도 추고, 얼굴의 검버섯 벗겨내는 박피도 하고 싶단다. 딸들에게 미백효과가 높은 화장품을 꼭 사 오라고 했다는 말에 바쁘다는 핑계로 살피지 못한 며느리는 그저 고개만 떨군다.

혼자 계시는 것보다 함께 할 수 있는 장기요양 급여 수급자 등급 판정을 받는 게 좋을 것 같아 신청했다. 그런데 불행히도 그날 아홉 번째로 넘어지셨다. 퉁퉁 부은 얼굴은 진보랏빛으로 물들었고 흡사 영화 속의 ET와도 같았다.

어머님은 노인복지센터의 주간 보호를 받을 수 있는 4등급 판정을 받았다. 노인이 다니는 주간보호센터를 '노치원'이라고 부른다. 가는 날 가방에 예비용 속옷과 기저귀를 담아 주니 유치원생을 닮았다. 아이가 유치원에 가서 적응 못할까 걱정하듯 어머님도 적응 못 하면 어쩌나 많이 걱정했다. 다행히 어머님의 표정은 날이 갈수록 밝아지셨다.

"에미야 고맙다. 네 덕에 노치원에 잘 갔다 왔다."

작은 시누이에게 어머님이 예쁘다고 마구마구 자랑을 해댔다. 입방정을 떤 것이 화근이었을까. 자랑하자마자 어머님이 열 번째로 또 넘어지셨다. 이번에는 왼쪽 엉덩이 관절이 눌렸다.

어머님은 수술을 앞두고 노치원 못 가면 어찌하느냐고 한 걱정이다. 그간 주간 보호센터의 어른들과 깊은 정이 들었나 보다. 손가락에서 반지를 빼주며 내 손을 꼭 잡는 어머님의 손이 앙상하다. 노치원 선생님과 학생들이 많이 기다리고 있다는 말을 전하자 웃는 모습이 아기처럼 해맑다.

오월이 오면

송홧가루 날리는 오월이다. 자동차를 몰고 백곡저수지를 끼고 돌다 보니 저수지 가장자리에 노란 송화가 물결 그네를 타고 있다.

문예 교육을 하는 ㄱ 선생님을 따라 장대마을로 향하는 길이다. 시절을 잘못 만나, 여자라는 이유로 배우지 못한 어른 학생들을 만나기 위해서다.

마을 회관에 들어서자 7학년 몇 분이 배를 깔고 지난주에 내어 준 숙제를 하고 있다. 초등학교 1학년의 모습을 보는 것 같아 웃음이 절로 번진다. 어르신들은 예의를 갖추며 선생님을 맞이한다. 스승의 그림자도 밟으면 안 된다는 것을 철칙으로 알고 살아온 학생의 나이는 칠팔십 대의 할머니들이다. 친정엄마를 보는 듯 반갑다.

오늘은 'ㄱㄴㄷㄹ'과 'ㅏㅑㅓㅕ'가 만나 글자가 되는 '가지, 오이, 다리미' 등을 읽고 따라 써 보는 수업이다. 몇 분은 글을 읽을 줄 알지만 오랫동안 써 보지 않아 잊어버렸단다. 학생 중 유독 엄살을 피우는 분이 있다. 손에 기운이 없다고, 눈을 비비며 침침하다는 말을 연신 하신다.

"아무것도 몰러 난 못햐."

이렇게 말하면서도 따라 할 것은 다 하는 모습이 저학년을 똑 닮았다. 그중 두어 분은 성적이 좋다. 다른 분들은 따라서 쓰기도 바쁜데 벌써 날짜와 이름까지 썼다. 이름 석 자를 보는 순간 아! 엄마의 편지가 떠올랐다.

결혼 초 안성에서 살 때였다. 농장에서 근무하던 남편은 첫아들을 낳고 2년 뒤 직장을 그만두었다. 퇴직금으로 돼지를 받아 입장의 허허벌판에 있는 오두막농장을 얻어 돼지를 키웠다. 사람 보기도 어려운 오두막집은 창고나 다름없었다. 축사가 너무도 허술해 돼지가 잘 크긴 애초부터 무리였다.

딸을 낳고 4개월 만인 5월 초에 이삿짐을 챙겨 시어머님이 계신 고향으로 들어왔다. 뜰에 부려놓은 초라한 이삿짐을 보신 친정엄마는 시어머님의 눈을 피해 뒤쪽에서 눈물을 훔치셨다.

며칠 후, 엄마에게서 전화가 왔다. 우리 몰래 다녀갔다면서 경대 서랍에 돈과 편지를 넣어뒀다는 것이다. 동생이나 아버지가 쓴 편지일 거라 여겼다. 봉투 속의 편지를 펴는 순간 가슴이 옥죄어오고 손이 떨렸다.

엄마가 쓴 손 편지였다. '윤경이 봐여라'로 시작된 글씨는 내 이름만 올바를 뿐 자음과 모음을 짜 맞추며 해석해야 했다. 편지 한 장에 띄엄띄엄 쓴 글자는 몇 줄 되지 않았다. 어렵더라도 자식을 위해 최선을 다하라는 내용과 시어머님께 잘하라며 건강도 꼭 챙기라는 당부였다.

엄마는 유복자로 태어나셨다. 어린 나이에 외할머니가 재가하면서 친척 집을 오가며 자랐다. 아홉 살쯤 외할머니가 사는 집으로 들어갔지만 글공부는 엄두도 못 냈다. 동생들을 업고 어깨너머로 배운 공부가 전부이다. 그나마도 대략 읽을 줄은 알지만 써보지는 않았던 엄마가 처음이자 마지막으로 못난 딸을 위해 편지를 쓴 것이다.

쓰는 내내 얼마나 많은 눈물을 흘리셨던지 눈물이 마른 자국이 보였다. 방바닥에 얼굴을 묻었다. 눈물은 방바닥에 몰래 들어와 누워있는 송홧가루를 뭉쳐놓았다. 이러구러 살다 보니 형편이 좀 나아지기 시작했다. 이제 기쁨을 드릴 수 있겠구나 싶을 즈음 엄마는 58세의 가을을 못 넘기고 하늘로 가셨다.

　가정의 달 오월이 오면 가슴이 아려오고 한 차례씩 호되게 몸살을 앓는다. 살아계셨더라면 장대마을의 어머니들보다 더 글공부에 열중했을 것이다. 어쩌면 책도 내셨을 엄마, 오월이면 엄마가 한없이 그립고 가슴이 아리다.

곤줄박이의 인사

집 주위로 새가 많이 찾는다. 언덕 주위는 직박구리를 비롯해 참새, 꾀꼬리까지 다양한 새들의 놀이터가 된다. 그런데 이른 아침마다 참싸리 나무에 앉아 우리 집 주방을 바라보는 새가 있다. 우리 부부에겐 특별한 새, 곤줄박이다.

새끼미마을에 집을 짓고 난 후 새소리에 늦잠을 잘 수가 없었다. 여느 땐 더 좀 자고 싶어도 지저귀는 소리가 하 시끄러워 이불을 뒤집어쓰곤 한다.

그러던 어느 겨울 아침, 햇살이 너무 맑아 밖을 내다보던 중 참싸리 나뭇가지에 앉아 있는 새와 마주했다. 참새려니 하고 창문을 열었는데 놀라지 않는다. 외려 나를 향해 고개를 갸웃갸웃한다. 야무진 모습이 예사롭지 않아 '안녕' 하며 손을 흔들어주었다. 그러자 새는 마치 반가움을 표하려는 듯 살포시 올랐다 내려앉기를 두어 번, 다시 제자리에 앉는다. 이어 또다시 고개는 갸웃갸웃, 꼬리는 사르르 흔든다. 마치 '잘 있었니?' 하는 듯했다. 순간 생전에 훨훨 날아 세상 구경하고 싶다던 엄마가 그리워 내 입에서 '엄마'하는 나직한 소리가 나왔다.

내가 고집을 부려 동리 결혼을 한 이후, 삶이 내 맘대로 되지 않는다는 것을 깨달으며 조금씩 철이 들어갔다. 가난에 찌들어 사는 딸의 모습만큼 엄마의 표정도 어두웠다. 그래도 사위는 믿음직했던지 상의할 일이 있으면 남편을 불렀다. 시간은 흘러 우리가 좀 살만해질 무렵 엄마가 갑자기 대장암 말기라는 선고를 받았다. 할 수 있는 건 항암치료뿐, 일 년을 버티지 못하셨다.

엄마가 돌아가시자 홀로 남겨진 아버지와 스물일곱 살의 막냇동생은 고아 같았다. 직장에서 주·야간을 하는 동생은 위궤양이 심해 병원을 자주 드나들었다. 내 마음이 편치 않았다. 그 무렵 스물두 살 아가씨와 교제 중이던 동생은 결혼을 했다. 고맙게도 막내올케는 아버지를 모시고 살다 읍내로 이사를 하기로 했다.

평생을 고향에서 나고 살아온 아버지는 이삿짐을 챙기는 내내 눈시울을 훔치셨다. 짐차에 짐을 다 싣고 숨 돌리며 마을 사람들과 서운함을 인사로 나누고 있을 때였다. 갑자기 곤줄박이 한 마리가 포르르 마당으로 날아와 앉는 것이었다. 예전 샘가 옆에 길쭉이 서 있던 미루나무 끝자락 높은 곳에서 날아왔다. 새는 그 많은 사람을 의식하지 않고 마당에서 통통 뛰어 마루로 올라섰다. 갑자기 주위가 조용해졌다. 곤줄박이는 마루에서 고개를 갸웃갸웃하다 문지방을 밟고 폴짝 안방으로 들어섰다. 이어 엄마가 시집올 때 가져온 경대를 빤히 바라보다 다락방으로 포르르 올라갔다. 그리곤 다시 방으로 내려와 마루를 지나 부엌을 둘러본 후, 엄마와 함께 손수 흙벽돌을 찍어서 만든 광 안을 둘러보았다. 온 살림살이를 구석구석 다 알고 있다는 듯 통통 뛰며 뒤꼍의 보일러실까지 둘러보았다. 그리곤 마당 한가운데 서서 우리를 향해 고개를 갸웃갸웃하다, 포르르 하늘 높이 날아갔다.

이후 공휴일도 잊을 만큼 농장에서 일만 했다. 언덕 한번을, 집 근처 나무 한번을 제대로 쳐다보질 못했다. 어쩌면 그동안 내 곁에서 배회했을 곤줄박이, 생각을 잊고 오늘이 어제인 듯 똑같은 일상에 젖어 지냈다.

이러구러 살다 읍내 근처인 새끼미마을로 이사를 와서야 그때와 똑 닮은 곤줄박이와 마주한다. 날씨가 몹시 춥거나

비가 오는 날을 제외하곤, 햇살이 빛날 때쯤이면 참싸리 나뭇가지에 앉아 우리를 바라본다.

오늘도 곤줄박이를 향해 '안녕' 인사를 한다. 곤줄박이는 고개를 갸웃거리며 사르르사르르 꼬리를 흔든다.

소소한 행복

주말이면 손자가 온다. 손자가 오는 날이면 손에 잡힐만한 것은 모두 치운다. 10개월로 접어들면서 재빠르게 기거나, 무엇이든 잡고 일어서려 애를 쓴다. 한시도 눈을 뗄 수가 없다.

손자는 누가 더 애정을 쏟아 주는지 안다. 꽃다지 같은 미소로 토끼 같은 이빨을 드러내며 '잼잼'과 '짝짜꿍'으로 애간장을 녹인다. 보행기에 앉히면 쏜살같이 달려와 내 허벅지를 꼭 부여잡고 엉덩이를 들썩인다. 그런 손자가 제 집으로 가고 난 후면 온 집안에 쓸쓸한 가을바람만 인다.

일이 손에 잡히질 않는다. 재롱부리는 모습이 아른거려 텃밭으로 향한다. 풀잎을 스칠 때마다 밤사이 내려앉은 이슬이 발목에 감긴다. 누렇게 떡잎을 달고 있는 조록싸리나무는 굽은 허리로 인사하고 그 옆에서 남천 나뭇잎은 변신 중이다. 추울수록 더 아름다운 잎, 이들은 서로 다른 삶을 살면서도 이웃하며 정겹게 살아간다. 밀어내지 않고 어울리며 아름다움으로 숲을 이룬다. 나무에 맺힌 이슬을 쓸어본다. 손바닥에 흠씬 적셔진 이슬이 손자의 미소처럼 상큼하다.

안개가 자욱하다. 오늘은 햇살이 참 맑겠다. 누렇게 익은 벼들을 바라보며 고랑으로 들어선다. 대파가 심겨 있다. 대파 고랑을 가로질러 한가운데에는 달덩이만 한 수박이 달려있다. 모종을 심은 것이 아니니 새들에 의해 터를 잡았을 게다.

추석이 코앞으로 다가오면서 수박은 하루가 다르게 컸다. 명절날 아침에 따서 차례 상에 올렸다. 온 가족이 모인 자리에서 수박에 칼을 대자 쩍 갈라지며 드러난 빨간 속살에 식구들이 환호성을 질렀다. 손자도 양손을 모으며 침을 흘린다. 작은 수저로 수박 맛을 보여줬더니 신나게 짝짜꿍을 한다.

어느 집이나 아기는 희망이고 활력을 불어넣어준다. 손자가 태어나시 않았을 때는 사식들이 와도 맹숭맹숭했다. 제각기 휴대폰을 들여다보거나 친구 만나러 가고나면 어머님과 우리 부부만 남는다. 손자가 태어난 후로는 사람 사는 집 같다. 행동 하나하나가 신비롭고 기특하다. 아들 내외에게 이왕 키우는 김에 동생 하나를 더 낳으면 어떻겠냐고 권했다. 기겁을 한다.

내 자식부터 아기를 더 이상 낳지 않겠다고 한다. 농촌에는 마을마다 아기가 한 명만 있어도 생동감이 넘친다고 할 만큼 노인만 있다. 싫건 좋건 자식들에게 옛 어른들 말씀을 자주 들려준다. '사람은 타고 날 때부터 제 밥그릇을 가지고 태어난다.'라고. 쇠귀에 경 읽기다. 귀담아 들을 생각을 안 한다. 개천에서 용이 태어났다는 말은 옛날 옛적 전설의 고향에나 나오는 이야기란다. 학비가 엄청나게 든다는 것이다.

요즘 젊은이들은 자식을 낳으면 부모가 모든 걸 채워줘야만 한다는 생각과 부모가 원하는 길로 아이가 가길 바라는 것 같다. 얼마 전 베트남에서 시집온 한 아기 엄마가 한국 부모들의 교육을 꼬집었다. 호박을 상품 가치가 높게 하려면 조막만 했을 때부터 인큐비닐을 씌우는데, 대부분의 한국 부모는 자식 교육을 인큐비닐 만큼만 크도록 가르친다는 것이다. 순간 머리를 한 대 맞은 듯 정신이 들었다. 나부터 그렇게 살아왔다. 그 말을 들은 후 도서관의 프로그

램 중 '그림책 지도' 과정을 등록했다. 창작성을 발휘할 수 있는 공부를 통해 손자와 마주 이야기를 나눌 생각이다. 손자가 자기 생각을 마음껏 표현하도록 도움을 주는 데 동화책만 한 것이 또 있을까. 손자의 동생을 낳도록 유도하려는 속내도 있다.

자식을 키운다는 게 쉬운 일은 아니다. 아들 내외가 자식을 바른길로 키우다 보면, 언젠가는 평범하면서도 소소한 행복이 가장 뜻 깊다는 걸 알게 될 것이다.

칼로 구름 베기

딸의 뒷모습은 싸늘했다. 잠옷 차림으로 대문까지 달려 나갔지만, 뒤도 돌아보지 않고 내리막길을 미끄러지듯 걸어갔다. 냉랭한 모습으로 새벽이슬을 밟으며 제 숙소로 올라가게 된 것은 하얀 강아지 때문이다.

서울에서 딸이 모처럼 내려왔다. 화기애애한 한나절을 보낸 후 친구 집에 잠시 다녀오겠다며 나갔다. 잠시 후 하얀 강아지 한 마리를 품에 안고 왔다. '배쿠'라는 녀석은 거실에 내려놓자마자 자기 구역을 표시하느라 질금질금 실례를 해댔다. 제 친구가 추석을 앞두고 벌초를 하러 가야 해서 하루만 봐 달라는 부탁으로 안고 온 것이다.

녀석을 보는 순간 뭔가 마음이 불안해졌다. 집안에서 키우는 거라면 질색하는 남편만 의식되었다. 배쿠가 현관에 들어섰을 때, 곧바로 돌려보냈어야 했는데 옛 기억이 한참 후에 떠오를 게 뭐람. 시기 또한 추석 무렵이어서 내 기억 속에 잠자고 있던 지난날의 사건이 줄줄이 떠올랐다. 무엇보다 그때의 하얀 강아지와 너무도 닮았다는 생각에 마음이 무거웠다.

막내가 초등학교 1학년 때이니 14년 전의 일이다. 서울에 사는 아재가 벌초를 하러 내려오면서 하얀 강아지를 데리고 왔다. 강아지를 보는 순간 마음에 들지 않았지만, 어머님의 친척이기에 머뭇거리다 키우게 되었다. 바라볼 때마다 달갑지가 않았다.

며칠 후, 직원이 오토바이 사고를 당했다. 인근 주민이 목격한 바에 따르면 자동차와 부딪치는 순간 15m 이상을 날아가 떨어졌다고 했다. 자동차가 먼저 잘못했다는 목격자의 증언에도 불구하고 외국인이라는 약점을 들먹이며 차주의 목소리가 높아졌다. 직원은 무릎 뼈가 크게 다쳐 다리에 뼈가 보일 만큼 큰 중상을 입었다. 온몸이 만신창이가 된 상황인데도 젊은 차주는 목소리만 높였다. 보다 못한 지구대 경찰서장님이 나서주셨다. 외국인도 사람인데 한국인과 다를 게 뭐가 있느냐며 차주보다 더 큰 목소리를 내고서야 사고저리가 이루어졌다.

사고가 나고 며칠이 지난 추석날이다. 또 큰일이 터졌다.

막내가 교통사고를 당한 것이다. 소식을 듣고 달려가니 사람의 뇌가 하얗다는 걸 알았다. '엄마'라는 외마디 말과 함께 눈을 감아버리는 막내를 끌어안고 119에 올라탔다. 세상이 매정하다는 걸 고속도로에서 알았다. 비켜달라는 구급대원의 다급한 요청에도 일정한 속도로 알짱대며 달리는 차량이 미웠다. 구급차를 방해하는 차도 있었다. 너무도 야속하여 그 운전자의 멱살을 잡고 싶었다.

그 후 다친 쪽 머리는 지금도 머리카락이 자라지 않는다. 몇 번의 수술을 하였지만 손가락 하나는 아직도 구부러져 있다. 연이은 악재가 들이닥친 화근은 하얀 강아지가 들어오고부터라는 생각이 들었다. 매섭도록 강아지를 노려보았다. 그리고 집 밖으로 쫓아낼 생각에 이르렀다. 어디든 멀리멀리 가라고 외쳤다. 강아지가 여우 새끼처럼 요리조리 울타리를 타고 넘나들길 며칠, 일이 또 터졌다. 딸아이가 제 오빠의 자전거를 쫓아 뛰어가다 넘어진 것이었다. 깨어나지 않는 딸을 부여잡으며 이제는 누구 하나 잃을 수도 있겠구나 싶었다. 온몸의 기운이 쭉 빠지면서 말을 잃었다. 큰 병원에 도착한 후 한참 만에 깨어난 딸은 헛구역질을 하여 뇌를 심하게 다친 줄 알았다. 다행히도 후탈이 없어 감사할 뿐이었다. 이후로 하얀 강아지에 대한 거부반응은 남편에게 더 깊숙이 뿌리박혀 있었다.

당장 데려다주라는 아빠와 하룻밤만 재우겠다는 딸아이의 실랑이가 이어졌다. 결국, 바깥 창고에서 재우자는 내 의견에 합의가 이뤄졌는데 딸이 오밤중에 아빠 몰래 2층으로 데리고 가다 들키고 말았다. 잠자고 있는 내 귓가에 강아지와 함께 바깥에서 자라는 남편의 외침이 들렸다. 이어 현관문 닫히는 소리가 났다. 아빠와 닮은꼴의 딸은 강아지와 함께 차고에 세워진 차 안에서 새우잠을 잤다. 그리고 새벽녘에 강아지를 데려다주고 왔다. 골이 난 딸은 어떻게 자식에게 바깥 잠을 자게 하느냐며 항의를 하고는 터미널로 향해 걸어갔다. 아빠도 날바닥에서 새우잠으로 밤을 지새운 것도 모른 채.

밥상머리에서 지난날의 강아지에 대한 아픈 추억을 들려줄 참이었는데, 쫓아가 딸의 팔목을 잡지 못한 내 자신에게 화증이 일면서 남편에게 나가라고 고함을 질렀다. 30년을 함께 살면서 처음으로 외친 고함이다.

전화를 받지 않는 딸이 미웠다. 아침에 이어 점심까지 걸렀다. 딸에게 문자메시지를 보냈다.

'나쁜 놈, 천하의 못된 놈'을 시삭으로 시난날의 사고 때문에 걱정하는 아빠의 심정을 전해주었다. 문자가 왔다.

'엄마 미안해요. 서울에 오자마자 자고는 이제 일어났어요.'

천연덕스러운 딸의 문자에 기운이 쭉 빠졌다. 가을 햇살까지 나를 비웃듯 쨍쨍하게 내리쬔다. 이윽고 들어서는 남편의 모습은 더 황당했다. 이른 아침부터 배드민턴을 치고 아침과 점심까지 모두 해결했다며 축축한 운동복을 훌렁 벗어 놓는다.

부녀간의 별 것 아닌 갈등에 애간장을 태운 내가 바보 같았다. 물 말아 먹는 밥알이 넘어가지 않고 입안에서 맴돈다. 고추장에 파란 고추를 푹 찍어 부전여전의 닮은 성질까지 꼭꼭 씹어 삼키는 내 목울대가 뻣뻣하다.

시름을 달래려 하늘을 쳐다본다. 솜사탕 같은 구름이 리듬을 타며 흘러간다. 오늘따라 가을 하늘은 왜 이리 아리도록 깨끗한지. 부부싸움이 '칼로 물 베기'라면 부녀지간의 싸움은 '칼로 구름 베기'일까?

12월의 인연

차창을 통해 들어오는 햇볕이 따스하다. 버스가 빨강 신호등 앞에서 기다리는 동안 인근 논두렁에 시선을 돌린다. 한겨울답지 않게 흙살이 보슬보슬해서일까. 새순이 꼬물꼬물 올라올 것만 같고, 꽃망울도 곧 터질 것만 같다. 봄인 줄 착각하기 좋은 날이다.

하늘은 맑고 바람이 신선하며 흙이 숨쉬는 2015년 12월 29일, 한해의 마지막을 이틀 앞두고 아주 귀한 손님을 만나러 달려가는 중이다. 산부인과 주차장으로 진입하려는 순간, 아들에게서 전화가 온다. 조금 전 며느리가 제왕절개로 아들을 낳았다는 연락이다.

산부인과의 승강기는 참 느리고 눈하다. 급한 마음에 승계를 뛰어올라가니 턱수염이 덥수룩한 아들이 분만실 앞에서 지친 모습으로 서 있다. 밤새 진통하는 제 아내 곁에서 최종수술을 결정하기까지 고심이 얼마나 컸을까. 바짝 메마른 입술이 출산을 지켜본 긴장감을 대신 말해 준다. 탯줄 자를 때까지도 마취에서 깨어나지 않은 산모가 말로 표현할 수 없이 안쓰러웠다는 아들, 눈가에 고인 이슬이 새 생명을 마주한 감동이 얼마큼인지 말해준다.

내 아들이 4.25킬로그램의 자식을 얻은 것이다. 당연한 일이고 새삼스러울 것이 없건만 가슴이 떨리고 신기하다. 인연이라는 실타래가 세상 밖으로 술술 풀려서 우리에게로 큰 선물로 다가온 것이다. 어쩌면 12월은 우리 가족에게 깊은 인연의 달인 듯하다.

우리 부부가 결혼식을 올린 달이 12월이다. 친정의 반대를 무릅쓰고 어찌어찌 결혼식 날짜를 잡은 게 동짓날 이었다. 펄펄 내리는 하얀 눈이 무섭기는 그날이 생전 처음이었다. 쌓이고 쌓인 눈 위에 또 쌓이는 흰 눈이 야속하기까지 하였다. 사람들은 흰 눈이 소복이 내리는 날 결혼하면 잘 살거라며 위로했다. 그 날 쌓일 정도가 아닌 전국의 길이 마비될 정도의 폭설이었다.

지난해, 아들이 결혼하겠다며 아가씨를 데려왔다. 키가 크고 미소를 지을 때 살짝 들어가는 보조개가 귀여운 아가씨였다. 하얀 피부를 지닌 아가씨는 아들과 같은 대학교에 다니면서 사귀게 되었단다. 새 집을 짓느라 정신이 없던 시기에 아들은 막무가내로 결혼하겠다고 했다. 한 달 만에 부랴부랴 결혼식을 올리게 되었다. 혹여 제 부모 때처럼 흰 눈이 펄펄 내릴까 봐 애태웠다. 하지만 우려와는 반대로 오늘처럼 봄인 줄 알았다. 웃옷을 훌훌 벗어 던지고 싶을 만큼 따스한 날 예식을 올렸다.

혹 지나간 것 같은 1년여 만에 새 생명이 잉태되고 오늘 손자와 첫 인사를 하는 날이다. 수술실에서 산모가 회복실로 들어왔다.

"어머니 아기 예뻐요. 아기 예뻐요."

정신이 몽롱한 가운데에서도 아기가 예쁘다고 말하는 며느리의 모정이 예쁘고 대견했다. 엄마가 된 맏며느리의 손을 잡아주었다. 큰 키에 비하여 손이 참 작았지만 미래에는 바윗덩이도 들어 올리게 될 듬직한 손이었다.

간호사가 아기를 우리 곁으로 데려왔다. 가슴이 쿵쿵 뛰기 시작하였다. 아기를 안겨주는데 어떻게 품어야 할지 어정쩡 손만 내밀 뿐이었다. 자식을 키워 보았지만, 이 작은 생명의 첫손자를 어찌 안아야 할지 망설였다. 간호사는 행복한 웃음을 건네며, 다들 그런다며 내 품에 안겨주었다.

순간 내 볼에서 뜨거운 물이 주르륵 미끄러졌다. 마냥 기쁜데 그냥 흘러내렸다. 예정일보다 열흘이나 빨리 내 품에 안긴 아기는 천사였다.

"고맙다 아가야, 내가 네 할머니다."

아기는 대추 씨 같은 입을 '음~' 내민다. 할미의 말에 화답하는 것 같다. 그리고는 실쭉 웃기까지 한다. 제 식구를 알아보나 보다. 아들이 제 아들을 안으며 '포롱아'라며 태명을 부르니 또다시 더 크게 입을 내민다. 태교가 이러해서 소중하다는 걸 알게 된다. 첫인사를 하고 제 어미 옆에 눕히니 포롱이가 젖꼭지를 빨려 애를 쓴다. 본능적으로 젖무덤을 찾아 젖을 빠는 모습에 하마터면 울음을 터트릴 뻔했다. 할머니가 주책이라고 할 것 같아 참고 또 참는다.

12월은 우리 가족에게 인연이 깊은 달이다. 부모와 자식이 결혼식을 올린 날도 마지막 달이고 처음 집을 지은 달도 12월이다. 땅 한 마지기 없던 우리가 축사를 처음 지은 달도 12월이며, 논이나 밭을 사게 된 시점도 12월이다. 꽁꽁 얼어붙은 한겨울인 것 같았던 지난날들이 주마등처럼 스친다.

자식이 장성하여 인연의 꽃을 만나 새 생명이 태어난 올해 12월은 가장 경사스러운 달이다. 지난날 힘겨웠던 일들이 눈 녹듯 사라진다.

오늘도 잠을 설칠 것 같다. 내일 아침 태양이 솟아오르면 손자를 보러 급히 달려갈 참이다.

대파꽃

상추를 뜯다가 윙윙대는 소리를 따라 벌떼 쪽으로 눈길을 준다. 진달래나 패랭이꽃에 찾아든 벌 소리가 아니다. 이제 막 몽우리를 맺은 것도 있고 꽤 성숙하기도 한 대파꽃이다. 예쁘지도 않거니와 향기 또한 없는 꽃에 저리 많은 일벌이 드나드는 게 궁금하다.

수줍은 듯 씨앗 주머니를 달고 나온 송이는 뽀얀 망에 싸여 있다. 좀 더 성숙한 꽃은 숙주나물이 거꾸로 올라오는 것처럼 노르스름한 실 가닥을 달고 있다. 그 대파꽃에 일벌들이 다닥다닥 모여들어 꿀을 모으느라 분주하다. 실한 꽃을 매달고 있는 대공을 꺾는다.

대공에서 진액이 흐른다. 뒤집어보니 속이 휑하다. 뼈대도 없이 푸른 잎으로 어찌 제 몸집보다 무거운 밥사발 같은

꽃을 이고 버텨내는 걸까. 위대하면서도 서글퍼 보이는 대
파꽃은 생전에 어머니가 임질한 모습 같아 가슴이 아리다.

어머니는 땅 한 마지기 없는 가난한 아버지를 만나 혼인
하셨다. 땅은 커녕 솥단지 하나 성한 것 없는 살림살이는
시작부터 고난이었다. 어떡하든 식구들 배 채우고 땅 한 떼
기라도 마련하려 안간힘을 쓰는 어머니의 몸집은 작달막했
다. 그 몸으로 콩대든 나뭇짐이든 웬만한 짐은 이고 날랐
다. 그래서일까. 따리 자국으로 늘 납작하게 눌려있던 어머
니의 정수리, 그 정수리도 고불고불 파마로 자존심을 세우
는 시기가 있다. 명절 전 마을회관으로 미용사가 찾아와 공
동으로 파마하는 그때뿐이었다.

어머니는 때때로 아버지의 지게로 모판이나 소꼴을 짊어
졌다. 무거운 짐을 지고 내리막을 내려올 때는 지그재그로
내려오면서 지겟작대기로 중심을 잃지 않으려 애를 썼다.
한쪽으로 기울거나 지겟다리가 바닥에 닿으면 나뒹굴 수가
있기 때문이다.

한번은 저녁나절임에도 어머니가 오지 않아 마중을 나갔
다. 잿빛 하늘이 어스름해질 무렵, 저만치 언덕 밭에서 지
게 위에 소꼴을 한 짐 짊어시고 내려오는 어머니의 모습이
보였다. "엄마"를 부르며 뜀박질했다. 거의 어머니한테 다

가가 맞닿으려는 그 찰나였다. 지겟다리 한쪽이 그만 비탈진 언덕에 쿡 박혀버렸다. 엄마는 외마디 비명과 함께 지겟다리가 박힌 반대쪽으로 곤두박질했다. 엄마가 정신을 잃었다. 한쪽 팔이 지게에 눌려있고 목이 꺾인 듯 젖혀져 있다. 어떡하든 팔부터 빼보려 했으나 요지부동이었다. 놀랍고 당황하여 가까운 이웃집을 향해 울며불며 고함을 쳤다. 가까이 사는 관준이 할머니가 재빨리 달려왔고 우리 할머니도 달려왔다.

그 일이 있고 난 뒤 어머니는 내리막이나 오르막에서의 지게질은 피했다. 이웃에 사는 숙영이 아버지가 다리 짧은 지게를 만들어 줬어도 지게로 한 번이면 될 짐을 임질로 두세 번씩 이어 날랐다. 마루 한 귀퉁이엔 두건으로 두 개의 똬리를 틀어 언제든 재빨리 가지고 나갈 수 있게 포개놓았다. 마루에 먼지가 뽀얗게 앉아도 똬리가 쓸리며 손아귀에 잡힌 흔적은 반들반들 길이 났다. 그렇게 어머니는 한평생을 자식이라는 씨방이 여물도록 긴 시간 헌신한 대파의 모습과 흡사했다. 자식들을 위해 뼛속의 모든 진액까지 내어주셨다. 사는 내내 희생만 하다 임질에 지쳐 쓰러진 어머니.

대파는 대공을 세워 씨앗이 여물 때까지 꽃을 받쳐 들고 있다. 끈끈한 진액을 밀어 올려 온 정성을 다하여 씨방을 키워낸다. 어머니만의 모성처럼 씨앗만큼은 올곧게 맺는다. 그래서일까. 까만 씨앗이 가장 빛나는 보석 다이아몬드의 모양을 닮았다. 치열한 삶을 감내하며 강인함으로 승화한 대파꽃….

중앙공원

늘 그런 식이다. 무조건 중앙공원에서 만나자며 전화를 끊는다. 아파트 앞에 계시면 어련히 모시러 갈까. 다시 전화하니 같은 말만 하곤 뚝 끊어버리는 아버지, 할 수 없이 차를 몰고 청주로 향한다.

일정에 종종거리다 모내기를 끝낸 후에야 뵈러 간다. 자동차의 계기판은 80을 왔다 갔다 한다. 요즘 나의 하루가 딱 이 속도로 흘러가는 듯하다. 양옆에 줄지어 서 있는 나뭇잎이 짙푸른 걸 보면 어쩌면 내가 느끼는 시간보다 더 빠른 것 같기도 하다.

중앙공원의 입구로 들어선다. 해방 후에는 도청이 있었는데 1937년 도청이 옮겨지면서 시민을 위한 휴식처와 문화공간으로 활용되고 있다. 내가 어렸을 때만 해도 청주는 큰 도시라 여겼다. 중앙공원을 찾기란 서울 어린이대공원에 가기만큼 힘이 들었다. 세 아이가 청주에서 학교에 다닐 때만 해도 이 주변은 번화가였다. 상가가 밀집해 늘 행인이 북적였는데 고속버스터미널이 옮겨지면서 상권도 함께 이동됐고 찾는 이도 줄었다.

아버지는 몇 번이나 전화해도 받지 않는다. 한쪽에서는 노인잔치를 위한 행사가 진행되고 있다. 음악 소리 때문에 벨 소리를 듣지 못하나 싶어 행사장을 둘러본다. 망선루 주위를 둘러보아도 아버지는 보이지 않는다. 공원 내를 두 바퀴나 돌았다. 햇볕은 왜 이리 따가운지 등덜미에선 땀이 흐른다. 수령 천년이 넘은 은행나무 옆에서 어르신들이 윷놀이로 여념이 없다.

시간이 점점 길어지자 행여 뭔 일이 있는 건 아닌지 슬슬 걱정이 들기 시작한다. 우람한 은행나무가 측은지심으로 나를 바라보고 있는 것 같다. 고개를 들어 은행잎을 바라보니 나풀나풀 부채질을 해준다. 그때 귀에 익은 목소리가 들린다. 저 멀리서 나를 부르며 아버지가 넘어질 듯 걸어오신다.

아버지는 송공비가 세워진 후문 쪽의 실가에서 마냥 기다리셨단다. 아버지가 늘 들락거리던 그 길로 딸도 그리오는 줄 알았던가 보다. 출입구가 여기저기 있다는 걸 모르는 나만큼 애간장을 태우긴 마찬가지였던지 아버지 얼굴이 벌겋다. 올해 83세의 아버지는 머리숱도 많이 빠져 휑하다. 체구 또한 작아지셨다.

"가자."

나를 이끌고 간 곳은 어르신들이 빙 둘러 모여앉아 있는 곳이다. 아버지는 가는 곳마다 목청을 높인다.

"어이~이 씨! 내 작은 딸여. 어이~서 씨! 우리 작은 딸여."

그렇게 공원 한 바퀴를 돌며 나를 소개하는 아버지의 어깨가 으쓱 힘이 넘친다.

"저쪽 검은 모자를 쓴 저 양반은 돈이 엄청 많어."

"그 옆에 베레모 쓴 양반은 학식이 높어."

"지팡이 든 저 노인은 자식 모두가 외국으로 나가 혼자 살어."

늙으면 돈이 많으나 적으나 건강이 최고라며 효자 자식이 있는 노인은 대복이라는 말에 힘을 준다. 중앙공원을 찾은 노인은 직위가 높건 낮건 어느 직업으로 살아왔는가를 평가하지 않는다. 같은 처지의 노인들끼리 대화를 통해 서로 위로받는 친구 사이다.

공원 내 어르신들 대부분은 지팡이를 짚고 앉아있다. 아버지는 이곳에서 하루를 보내는 것만으로도 살아있음에 감사하다며, 점심까지 꼬박꼬박 챙겨주니 이보다 더 좋은 장소가 어디 있느냐고 하신다. 아버지의 뒤를 따르는 내 눈가에 물기가 고인다.

마지막으로 혼자 앉아 계신 장 씨 아저씨께 인사했다. 아버지는 장 씨가 없으면 의지가지가 없다고 하신다. 젊은 시절에는 회계사 일을 했다는데 마음이 한결같아 형제처럼 지낸단다. 아저씨 이야기는 처음 듣는다. 아니 아버지가 하루하루를 어떻게 지내며 누구를 만나는지 궁금해 하지도 여쭙지도 않았다. 가끔 용돈을 드리거나 전화할 때마다 맛있는 것 사드시고 아프면 병원 가라는 말만 했다.

옷도 맛있는 것도 사 드리겠다고 하자 아버지는 단골집이 있다며 장 씨 아저씨와 함께 나를 안내한다. 장 씨 아저씨는 지팡이를 짚고서도 기우뚱기우뚱 걸음걸이가 불안하다. 아버지 역시 기운이 없는 팔자걸음이다. 마냥 청춘인 줄 알았던 아버지의 등마저 많이 굽었다.

공원에서 멀지 않은 중저가의 옷 가게로 들어섰다. 주인은 아버지에게 맞는 사이즈를 잘 알고 있었다. 알아서 척척옷을 골라주는 것으로 보아 아버지는 이미 답사를 왔던 것 같다. 장 씨 어르신의 옷도 사 드리자 두 분은 흐뭇해한다.

옷 가게에서 나가려 하자 아버지는 속옷도 사자고 하신다. 다시 가슴이 싸했다. 홀아버지라 내색하지 못 하는 일이 있다는 것을 딸년은 생각하지 못했다. 속옷 가게에 들러 잠옷까지 몇 벌 샀다. 이어 식당으로 자리를 옮겼다. 고깃집으로 가자고 하니 이번에도 단골집으로 길을 튼다. 공원 옆 고기와 함께 나오는 냉면집이다. 입구에 들어서자마자 주인에게 작은딸이라고 자랑부터 하신다.

냉면을 맛있게 드시는 아버지, 친정엄마가 세상 떠난 후 22년을 홀로 지내셨다. 홀시아버지를 모시는 큰올케에게 누가 되는 일이 있을까 봐 아버지에게만큼은 다정다감하지 못했다. 아버지께 누누이 조심하라는 당부와 함께, 속옷만큼은 꼭 비벼 빨아 빨랫줄에 널고 개키라는 잔소리만 했다.

아버지는 옷이 담긴 봉투를 들고 세상에서 제일 효자 자식을 둔 미소를 띤다. 마지막으로 커피 한 잔 마시자고 한다. 카페를 찾아 두리번거리자 멀리 갈 것 없다며 후문입구의 리어카에서 아줌마가 판매하는 커피집으로 안내한다. 근처에 앉아 계신 어르신들을 다 부른다. 중앙공원에서 할아버지들에게 커피를 제일 많이 사는 분이 아버지라며 칭찬하는 아주머니의 손놀림이 분주하다. 언젠가 한 달 커피

값이 이십만 원 이상을 쓴다고 하셨다.

처음으로 아버지 어깨를 으쓱하게 올려 드렸다. 지위고 하를 가리지 않고 모든 노인을 반겨주는 중앙공원은 아버지의 또 다른 휴식처이다.

잠자리에 누워 아버지와 데이트를 즐기던 오늘 하루를 돌아본다. 태어나면 늙음도 있게 마련인 우리네 삶이라지만 늙는다는 건 슬픈 일이다. 평생을 자식만을 위해 살아오신 아버지의 세대는 더 측은하다. 오늘 밤은 자식으로서 부모를 제대로 살펴드리지 못하는 자책감에 쉬 잠들지 못할 것 같다.

꿈 더하기 꿈

늘 꿈을 가졌다.

틈만 나면 그림을 그리며 집 설계를 하느라 바빴다. 수없이 그리고 지우기를 반복하며 이국적인 외형의 집을 지을 거라 소망했다.

언덕 위에 하얀 집을 짓고 싶었다. 담장 없는 넓은 정원에 꽃이 만발해야 했고 특히 대문을 달지 않아야 했다. 누구든 자유로이 찾아와 정원을 바라보며 정담을 나누는 집이었으면 싶었다. 상상의 나래를 펴는 설계는 언제나 기분 좋았다.

정말로 그렇게 언덕 위의 하얀 집을 지었다. 일 년 남짓 공사 기간에 당초 설계보다 변경된 곳이 많아 머리가 지끈거렸어도 정원까지 꾸몄다. 계획대로 대문은 달지 않기로 했다. 그런데, 새집에 와서 살다 보니 담장과 대문만큼은 꼭 세워야 한다는 것을 깨달았다.

전형적인 벽돌집이 아니다 보니 집을 지으려는 분들이 수시로 드나들기 시작했다. 나 역시 집짓기 전에 많은 돈 들이지 않고서도 예쁘게 지었다는 집을 찾아다녔다. 나도 멋있게 지은 집을 찾아다녔으니 오는 이들을 못 오게 할 수는 없었다. 하지만, 집을 비우고 나면 대문 없는 집에 누군가가 다녀간 흔적은 나를 신경 쓰이게 했다.

땅 내도 맡지 않은 잔디밭까지 차가 들어왔다가 돌려 나간 바큇자국에는 속이 상했다. 연장이 없어지는 날도 잦았다. 건물 벽이 페인트칠인지 확인하느라 손톱으로 긁은 자국도 거슬렸다.

가랑비에 옷 젖을 만큼 속상하던 어느 날이었다. 시장을 보고 들어오는데 누군가가 현관에 하얀 종이를 테이프로 꼼꼼하게 붙여놓고 갔다.

'어려운 일이 있거나 집을 매매하실 생각이 있으면 꼭 연락주세요. ㅇㅇㅇ부동산'

이후 다른 부동산까지 연이어 합세했다. 당당하게 전화번호까지 적어 놓았으니 배짱은 두둑한 업자들이다.

부동산보다 더 배짱 좋은 놈들이 있다. 고라니다. 이놈들은 심심하면 한낮에도 내 앞을 가로질러 내달린다. 밤에도 시퍼런 눈동자가 마치 별똥이 날아다니듯 놀다가 정원을 뭉개놓고 사라진다. 하얀 벽에 집을 짓는 거미들과 들개, 고양이까지…. 상상으로 그린 집이 낙원이라면 현실은 노동이 기다리고 있다.

담장 삼아 나무를 심고 대문을 달았다. 낯선 이들이 마당으로 들어오는 일이 적어졌고, 하얀 벽에는 수시로 에프킬라를 뿌렸다. 고라니 녀석들도 뒷산에서 울부짖을 뿐 내 집 울타리를 넘지 못했다. 대문은 보호막 역할을 단단히 해 주었다.

일 년 만의 완공 후, 두 번 다시는 못할 짓이 집 짓는 일이라는 걸 알았다. 건설 전문인이 아니라 힘든 것도 있었지만 업자와의 언쟁 때문에 더 지쳤다. 공사 중 생각이 다르거나 자재를 놓고 시비를 가리는 일이 비일비재했다. 마무리 부분에서는 신경이 집중되어 얼굴을 붉히기까지 했다.

집 정리를 한 후 호된 몸살을 앓았다. 집 지으면 십 년은 늙는다는 말을 실감하면서 현실과 너무도 동떨어진 꿈을 맞추려 한 어리석은 내가 보이기 시작했다.

오십이 넘어서면 살림만큼은 간소하게 살아가야 했다. 꿈을 이루려 아등바등한 몸뚱이가 늘어지면서 정원에는 잔디보다 잡풀이 더 많아졌다. 담장 삼아 심어 놓은 나무 사이사이에도 마찬가지다. 현관문을 열고 들어서면 곳곳마다 청소기를 돌리고 닦아야 하는 장소가 눈에 꽉 차게 보인다.

꿈 더하기 꿈의 새집은 너무 할 일이 많다. 비용부담도 크다. 전에 살던 집에 비교하여 전기요금과 각종 세금, 연료비가 곱절이 더 든다. 앞으로 꿈 빼기 꿈을 하려면 어떠한 결과가 올까. 정원을 없애고 콘크리트를 들이붓는 일, 문을 닫아거는 일 등등.

그보다는 다소 고단하더라도 꿈이 현실이 된 지금이 낫겠다. 자식들이 결혼하고 손주들이 정원에서 뛰어노는 꿈, 꿈 더하기 꿈이라는 통장에는 가족 사랑이 잔고로 남아 온 가족에게 잔잔한 행복을 주니까.

2

희
망
적
금

논농사를 짓는 농가들은 대부분
외지에 사는 친지와 자식들에게 쌀을 준다.
받아먹는 쪽은 당연히 받는 것이고 거저배기로 여긴다.
이웃 형님들은 친지들에게 쌀을 주면 한 톨의 쌀이
밥상에 오르기까지 여든여덟 번의 노동이 따름을
전혀 모르는 것 같다며,
흥부가 박을 타면 쌀이 절로 쏟아져 나오는 줄 아는 것 같아
서운하다는 말을 한다.
생전의 친정할머니는 탈곡하여 첫 방아를 찧어오면
작은 단지에 흰쌀을 수북이 담아 부뚜막 위에 올려놓으셨다.
자연의 신께 감사드리는 것이라고 했다.
- 본문 중에서

뚜껑

양돈업에 종사한 지 삼십여 년이 된다. 손수 새끼 받으며 돼지 키울 때는 너무 바빠서 반찬을 만들 엄두를 못 냈다.

몇 해 전부터 나의 주업은 주방장이나 다름이 없다. 돼지 우리의 일을 끝낸 후 음식까지 해 먹어야 하는 직원을 위해 몇 가지의 찬을 만들어준다. 거기에 아들이 결혼하여 보금 자리를 마련했고, 어머님이 따로 계시니 한 가지 반찬을 만들어도 다섯 개의 통에 나누어 담는다.

근래는 TV를 켜놓고 일을 한다. 비선 실세 '최순실 게이트'에 관련된 국정농단 사건으로 국회 청문회가 진행 중이다. 서서히 드러나는 대통령의 실책에 기가 막혀 실소가 터진다. 국정농단의 실태를 듣고 있노라면 권력의 자리가 뭐길래 양심은 온데간데없어지는지 답답하다. '모릅니다. 생각이 나질 않습니다. 만난 적도 없습니다.'라는 답변만 늘 어놓는다. 부아가 치밀어 오른다.

　TV를 켜놓은 채 주방으로 향한다. 오늘 만들 반찬은 겉절이와 무말랭이, 그리고 물김치다. 재료의 양이 많다. 한쪽에는 플라스틱 빈 통 열다섯 개가 쌓여있다. 귀로는 뉴스를 들어가며 씻고 썰고 무친다. 물김치까지 끝냈다. 통마다 반찬을 담고 뚜껑을 덮으려는데, 물김치 뚜껑 두 개가 보이지 않는다. 농장으로 나르기에 물이 넘치지 않아 좋고 손잡이가 달려있어 들기 쉬운 통인데 뚜껑이 없다. 아무리 찾아봐도 눈에 띄지 않는다.

　TV를 켜놓은 게 화근이었다. 온 국민을 경악케 한 최 씨, 자신이 통치자인 것처럼 국정을 진두지휘한 여인 때문이다. 부정 입학과 몇 십억 대의 승마장을 소유한 그의 딸이 덴마크 검찰에 잡혔다는 소식이 들렸다. 그 소리에 뚜껑을 닦다 말고 후다닥 거실로 들어온 것까지는 기억이 났다. 최 씨가 국민의 돈을 어디에 썼는지 도통 모른다고 시치미 뗀 것처럼 하늘로 솟은 건지 땅으로 숨은 건지 뚜껑이 사라졌다.

　보조 부엌에 앉아 따뜻한 커피믹스를 마신다. 그리고 서서히 기억을 되돌려 뚜껑을 만졌을 때까지 역추적을 한다.

싱크대 앞에서 수돗물을 틀어놓고 뚜껑을 씻고 있을 때였다.

"방금 들어온 소식입니다. 정 씨가 덴마크에 있다고 합니다."

흥분된 아나운서의 목소리를 듣는 순간, 뚝뚝 떨어지는 손의 물기를 닦으며 TV 앞으로 다가갔었다. 아나운서는 격앙된 목소리로 소식을 전하고, 화면은 수백만 명의 국민이 거리에 나와 촛불을 든 모습을 방영했다. 이어 대기업과 스포츠에 관한 일까지 쥐락펴락한 최 씨의 모습이 비쳤고, 곧이어 박 대통령은 기자회견을 통해 자신은 잘못한 게 없다고 했다. 나라를 쑥대밭으로 만들어 놓은 모르쇠들, 돈도 실력이라며 돈 없는 부모 탓하라던 정 씨까지 원망하며 부엌으로 왔었다. 아! 그제야 머릿속에 스친 양동이가 떠올랐다.

부엌문을 열었다. 청색의 양동이 안에 청색의 뚜껑이 물속에 가라앉아 있다. 싱크대에 있을 거라고만 여겼던 뚜껑, 긴급뉴스에 놀라 나도 모르는 사이 양동이 안에 집어넣고는 후다닥 거실로 향했던 게다.

이 추위에 아기까지 데리고 나온 이들을 포함해 수백만의 국민이 촛불을 들었다. 동참도 못했는데 집안에서 우왕

좌왕하면 되겠는가. 뚜껑을 덮으며 전 국민이 정신 바짝 차려야 한다는 말을 수없이 되뇌인다.

한 여인이 국정농단을 하고 있음을 알면서도 나라 걱정은 안중에도 없었던 비 양심가들, 권력을 향한 욕망을 끊지 못해 양심의 뚜껑을 던져버린 이들로 인해 국민의 머리에선 뚜껑이 터질 것만 같은 이즈음이다.

제 짝을 찾고 보니 평정심이 든다. 비리와 분노 뒤엔 원칙과 평화가 찾아오겠지. 정유년의 구정이 지나기 전 영화같은 반전이 있길 소원하며 반찬이 가득 담긴 통의 뚜껑을 닫는다.

밥심

　남편이 화물차를 몰고 마당으로 들어선다. 화물칸에는 방앗간에서 갓 찧어 온 햅쌀이 실려 있다. 창고에 차곡차곡 쟁여놓으니 든든하다. 한 자루를 부엌으로 들여 주둥이를 푼다. 갓 찧은 쌀을 한 움큼 잡으니 촉촉하다.

　양돈이 주업인 우리는 사천여 평의 논농사도 짓는다. 한 해 우리 집에 필요한 쌀의 양은 열다섯 가마 정도다. 친지들에게 나누어 주고 직원과 가족이 걱정하지 않고 먹을 수 있는 양이다. 우리는 빵만 먹고서는 힘을 쓸 수가 없다. 밥심으로 노동을 이겨낸다. 손수 농사지어 세끼 마음껏 먹을 수 있다는 든든함이지 큰 소득은 안 된다. 써레질부터 못자리와 유박퇴비에 기계 값과 노성비까지 계산하고 나면 품 파는 것보다 못하다.

논농사를 짓는 농가들은 대부분 외지에 사는 친지와 자식들에게 쌀을 준다. 받아먹는 쪽은 당연히 받는 것이고 거저배기로 여긴다. 이웃 형님들은 친지들에게 쌀을 주면 한 톨의 쌀이 밥상에 오르기까지 여든여덟 번의 노동이 따름을 전혀 모르는 것 같다며, 흥부가 박을 타면 쌀이 절로 쏟아져 나오는 줄 아는 것 같아 서운하다는 말을 한다.

생전의 친정할머니는 탈곡하여 첫 방아를 찧어오면 작은 단지에 흰쌀을 수북이 담아 부뚜막 위에 올려놓으셨다. 자연의 신께 감사드리는 것이라고 했다. 나 또한 가뭄과 풍파를 이겨내고 생명의 원천인 쌀을 얻게 해준 감사함에 합장했다.

예전에는 쌀밥 한 그릇이면 최고의 밥상이었다. 우리 집은 무쇠 솥에 삶은 보리쌀을 안칠 때 가운데를 파서 하얀 쌀 한 줌을 얹어 밥을 했다. 그 쌀밥은 이발소에서 밤늦게까지 일하고 오신 아버지의 진지였다. 엄마는 우리가 일찍 잠들지 않으면 눈을 꼭 감고 자라며 다그쳤다. 가장의 밥상 앞에서 널름댈까 봐서다. 이불깃을 붙잡은 나는 화롯불에서 자글자글 끓는 구수한 된장 냄새와 쌀밥 한 수저가 생각나 침만 꼴깍꼴깍 삼켰다. 아버지는 꼭 한두 숟가락을 남기지만 그 쌀밥은 남동생 몫이었다.

한 해에 몇 번은 흰쌀밥을 고봉으로 먹을 수 있었는데, 할머니 생신이거나 명절 때다. 통일 쌀이 나오기 전까지는 보리밥만 하루 세 끼 먹을 수 있어도 살만한 집이었다. 오죽하면 인사가 '밥 먹었니'였을까. 새마을 운동과 함께 기적의 쌀 통일벼가 재배되면서 경제가 부흥하기 시작했다. 이후 통일 쌀은 식량 자급에 크게 기여했지만 농촌인구 이탈 현상과 때를 같이하여 소비가 감소하기 시작했다. 보리쌀을 찾는 사람도 급격히 줄었다. 그 자리에 미국산 밀가루가 자리 잡고 다양하게 가공되면서 우리의 식탁을 잠식했다. 그렇게 쌀의 가치가 낮아지고 쌀값도 오랜 세월 제자리걸음이거나 심지어 내리기도 했다.

그러던 쌀값이 올해 들어 20여 년 전 수준으로 올랐다. 실로 오랜만에, 조금 올랐을 뿐인데 언론과 일부 국민이 요란을 떤다. 농사꾼끼리 모이면 쌀값이 더 오를 거라며 미리 내먹지 말라고들 한다. 아직은 정부에서 지정가격이 책정되지 않았으니 그 말도 맞다. 다른 모임에 참석하면 앞으로 쌀값이 더 오를 거라며 걱정을 한다. 외식과 주전부리에 쓰는 돈은 당연하게 생각하고, 밥 한 그릇 값이 껌 한 통 값보다 못해도 조금 오르는 것은 받아늘이지 못하나. 시켜보는 농사꾼으로서 화가 난다.

정부는 쌀 목표가격 확정을 앞두고 '수확기 정부 비축미 5만 톤 방출'계획을 발표했다. 쌀값 안정을 이유로 들었지만 박정희 정권에서 시작된 저가정책은 지금까지도 농민의 삶을 고단하게 한다. 커피 한 잔 값은 아깝지 않은데 조금 오른 쌀값은 가계지출에 큰 타격이 있는 것처럼 호들갑 떠는 분위기가 섭섭하다.

　　먹을 것이 부족하던 과거를 되짚어 보면 밥은 생명줄이었다. 그 밥심으로 경제 산업을 일으키지 않았던가. 쌀과 김치만 있어도 부자이던 때가 있었다는 사실을 잊지 말았으면 한다.

피죽바람

이즘의 날씨가 이상하다. 장마가 시작될 이 시기에 오라는 비는 안 오고 유월 바람만 중구난방으로 분다. 샛바람이 부는가 싶으면 금세 높새바람이다. 여느 땐 강쇠바람이 몰아쳐 마당에 엎어 놓은 함지박이 날아가 아래 논으로 곤두박질쳐져 있다. 밤 기온은 왜 이리 쌀쌀한지 전기장판을 틀고 자야 할 정도다.

때때로 야밤에 혼자 집에 있을 땐 전설의 고향에서나 들을법한 흉흉한 바람 소리에 소름이 돋는다. 2층 창문을 열고 마당을 내려다보면 단풍나무와 아까시 나뭇잎은 마치 긴 머리를 풀어헤친 모습이다. 달리 보면 답답함을 호소하려는 듯 마구잡이 춤을 추고 있는 것 같다. 다음 날 아침, 마당은 마치 한바탕 연극이 끝난 후의 텅 빈 무대처럼 조용하다.

내일은 밤이 가장 짧은 하지(夏至)다. 마른장마는 계속 이어지고 비 소식은 오리무중이다. 저수지마다 진즉에 바닥이 드러났다. 소나무의 겉피처럼 쩍쩍 갈라진 저수지를 지날 때면 소리 없는 물 전쟁에 근심이 깊다.

조선시대에 긴 가뭄이 이어지던 해는, 하지(夏至)까지 모내기를 못 하면 벼 수확이 어려워 농사를 포기했다고 한다. 현재는 수리시설이 고도로 발달해 마늘이나 보리 수확을 한 후 6월 말까지도 모내기를 한다. 하지만 다랑논이나 두렁에 있는 논은 모내기를 포기한 곳이 많다. 어찌어찌 모내기를 끝내도 물을 더 이상 대지 못한 논은 농심과 함께 바작바작 타들어 간다.

엊저녁에는 마당에서 꽃나무에 물을 주고 있으려니 갑자기 바람이 휘몰아쳤다. 한기를 느낄 만큼 쌀쌀했다. 이 광경에 구순을 앞둔 어머님이 말씀하셨다.

"피죽바람여, 피죽바람. 흉년이 드는 해는 바람이 먼저 난리여."

마른장마가 이어지는 해는 모내기가 어려울 만큼 날씨는 차고 바람은 골 부리듯 불어대어 물기를 말려버린단다. 하늘이 도와야만 풍작을 얻는 농사, 5월 윤달이 드는 해는 농사짓기 힘들다며 어머님은 피죽바람의 경험담을 이야기해 주셨다.

옛날에는 소작 농민이 대부분이었다. 소작인의 흉년은 남는 것 없는 헛농사로 세월 버리고 몸까지 망가트리게 된다. 도지 주기도 버거운 소출에 논에서 나는 피로 배를 채워야 했다. 그나마도 죽을 쒀서라도 끼니를 때울 수 있으면 다행이고, 그 피죽도 못 먹는 농민이 많았단다. 오죽하면 춘궁기 때 밤 뻐꾸기의 우는 소리가 피죽도 못 먹은 양 힘없이 운다 하여 '피죽새'라 불렸을까. 곤궁한 시대는 새들의 울음소리까지 농민의 삶을 애달파했나 보다. 그렇게 흉년에 부는 바람을 이르러 피죽바람이라 했단다.

요즘이 딱 그런 날씨라며 어머님은 한 걱정하셨다. 어머님은 만백성의 뱃구레를 채워주는 농토가 사라지는 것이 걱정이시다. 자고 나면 산야는 공장으로 변하니 하늘님도 노하신 거라며, 땅 밑으로 흐르는 물도 공장이 죄다 빼앗아 가니 농사지을 물이 부족한 게 당연하다고 하신다.

후덥지근한 날씨에 구름이 잔뜩 끼었다. 아직까지 논바닥에 물을 대지 못한 농부는 애만 태운다. 비가 오길 학수고대하는 농심에 시원한 상대비로 하늘의 응답이 있었으면 좋겠다.

바람은 잠잠하고 직박구리와 꾀꼬리의 우짖는 소리가 새
맑다. 새소리의 리듬처럼 경쾌한 빗소리와 함께 논바닥으
로 '콸콸콸' 물 들어가는 소리 들어보았으면….

3밀리의 결심

　몸이 둔할 때는 미용실을 찾는다. 축 처진 모양새로 들어서도 미용사의 손길이 스치면 산뜻한 이미지로 변신하기 때문이다.

　내게는 꼭 실행해야만 속이 시원한 습관이 있다. 머리를 짧게 깎는 일이다. 남자 머리처럼 짧게 자르고 나면 어쩐지 기운이 생기는 것 같다. 요즘처럼 '메르스' 여파로 세상이 술렁이거나, 몸이 아파 약에 의존할 때면 변화를 주고 싶어진다.

　단골미용실 원장님은 어떤 스타일을 원하는지 묻지 않는다. 원장님의 커트 솜씨를 아는 나 역시 전문가의 손길에 맡기는 편이다. 본능적으로 움직이는 가위, 한바탕 춤사위가 끝난 후 생기발랄하게 변신한 나를 바라보며 만족해왔다.

오늘도 의자에 앉자마자 커트가 시작된다. 가위 소리를 자장가 삼아 내가 하는 일은 꾸벅꾸벅 천연덕스럽게 잠을 자는 일이다. 가위가 내려지고 드라이어의 바람이 머릿결에 힘을 준다.

"자 다 됐습니다."

원장님 말이 끝나자마자 남학생 둘이 문을 밀고 들어선다.

덩치는 하마 같고 둥근형을 지닌 학생은 '나 순진합니다.'라고 읽힐 정도로 선해 보였다. 화초 속에서 자란 것 같은 학생은 의자에 앉자마자 의미심장한 말을 한다.

"박박 밀어주세요."

원장님은 잠시 거울 속의 학생을 빤히 들여다본다. 나 역시 혹여 무슨 고민거리가 있는 것은 아닐까 하는 생각에 거울 속의 녀석을 빤히 바라본다. 잠깐의 썰렁한 분위기에 긴장감이 돈다. 원장님도 나도 자식을 둔 어미로서의 모성 본능이 발동했다. 원장님은 학생의 머릿결을 서너 번 쓰다듬으며 여유를 찾으려 애쓴다.

원장님이 먼저 무슨 이유로 짧게 미는지, 어머니는 알고 계시는지 부드럽게 묻는다. 그때야 함께 온 친구가 목청을 높인다.

"전교 1등인 친구인데 공부가 안돼서 집중하려고요."

일순간 박장대소했다. 공부에 매진하겠노라는 결심으로 미용실을 찾았다는 말에 안도했다.

원장님은 자르기 칼날을 보이며 머리카락 길이를 3밀리만 남기고 자를 것인지 6밀리를 남길 것인지 선택의 여지를 준다. 망설이는 친구를 향해 함께 온 친구가 천연덕스럽게 박박 밀기로 한 약속을 지키라며 으름장을 놓는다. 원장님은 친구라면 함께 잘라야 마땅하니 둘 다 똑같이 자르자며 외려 되받아친다. 그런데 이 녀석 왈, 자기는 160등 하는 처지라 자를 필요가 없단다. 능청스러운 녀석이다.

학생들이 떠나고 난 자리가 훈훈하다. 지금은 고등학교 과정이 힘들다고 생각되겠지만 어른이 되어 돌아보면 이 시절의 노력이 얼마나 중요했는지 깨달을 것이다.

훗날 우리 사회에 없어서는 안 될 소중한 일꾼이 될 녀석들, 깍듯이 인사하고 나가는 뒤통수가 이쁘다. 어떤 어른으로 성장할지 짐작되어 원장님과 마주 보며 미소 짓는다.

희망 적금

　전국에서 농사지으며 글 쓰는 문우들의 단톡방이 들썩들썩하다. 평양에서 열린 남북정상회담 때부터다. 회담 직후 공동선언문을 통해 큰 성과가 있었음을 발표했다. 그보다 우리 가슴을 더 뭉클하게 한 것은 2박 3일간 우리 대통령과 일행에게 보여준 북측의 예우다. 평양시민들의 열광적인 환영, 우리 대통령이 20만 평양시민 앞에서 한 능라도 연설, 그리고 민족의 영산 백두산에서 마주 잡은 손 번쩍 들고 기념사진을 찍던 그 순간….

　그 분위기에 감동한 선배가 통일이 되었을 때를 대비해 북한으로 여행 갈 경비를 마련하자고 제안했다. 단체로 매월 적금을 들어 그중 일부는 자선비로 떼면 좋겠다는 의견도 나왔다. 말은 느리지만 충청도 회원이 제일 먼저 환영의

글을 올렸다. 이어 전라도와 경상도, 경기도, 강원도 등에서도 가입하겠노라는 댓글이 달렸다. 북한 땅을 밟으며 그곳 사람들과 자연스럽게 대화를 나눌 날이 정말 올 것인가. 그 상상만으로도 가슴 벅찬 일이다.

엎어지면 북한과 코가 닿는 곳에 사는 강원도 회원이 신났다. 여행목적지를 함경북도 최북단의 '온성'을 목표로 정하자고 한다. 위로 올라가면서 북한 전역을 고루 구경하자는 계획서까지 내놓았다. 더 늙기 전에 꼭 북한 여행을 가고 싶다는 회원과 북한으로 올라가 농사를 짓겠다는 이도 있다. 이 기분, 이 마음이 어디 우리 촌부들뿐이랴.

충청북도의 어느 단체에서는 북한으로 돼지 500마리 보내기 운동을 추진하고 있다. 정주영 회장의 소 떼 방북을 생각하면 근사한 일이긴 한데 그것은 축산을 몰라서 하는 일이다. 양돈업에 종사하는 내가 볼 때 돼지는 무리가 있다. 세계적으로 심각한 질병 문제와 축사 시설이 어느 정도 갖춰져야 하며, 사료 조달 또한 만만한 일이 아닐 것이다. 가축을 보낸다면 방목하여 기를 수 있는 닭이나 소, 염소 등이 적당하지 않을까 싶다.

우리가 가난을 이겨낼 수 있었던 원농력은 쌀이 풍부하고부터였다. 그리고 축산업이 발달하면서 식생활이 윤택해졌고 산업화의 발달로 이어졌다고 본다.

　한때 우리의 쌀이 북으로 전달되던 당시 북한 주민들은 쌀자루를 버리지 않았다. 인민들이 옷이나 가방 등을 만들어 활용한다는 뉴스를 들었다. 포대의 질감이 따뜻하고 질겨 갖가지 용품으로 사용했다는 이야기에 뭉클했다.

　북한과 자유로운 왕래가 이루어지는 길이 열린다면 비무장지대를 통과하지 않을까 싶다. 제일 빠른 길이기도 하고, 단일민족이 어언 70여 년간 총을 겨누던 장소를 평화롭게 오갈 수 있다면 그 얼마나 감동적일까. 더 이상 전쟁은 일어나지 않아야 한다는 산 역사 그 가운데 서 있는 감동을 느끼고 싶은 것이다.

　나는 북으로 여행을 가게 되면 비무장지대를 꼭 둘러보았으면 한다. 내 아들이 군 복무를 하던 곳을 지나 북한군이 지키고 있는 숲을 바라보며 걷고 싶다. 쌀과 소 떼가 올라가던 길, 그 길을 따라 올라가 북한 주민들을 만나면 따뜻한 인사를 건네고 싶다. 북한과 자유로운 교류가 이뤄진다면 축산업 종사자들뿐만 아니라 많은 기업체가 자리 잡게 될 것이다.

　김정은 위원장에게는 큰 꿈이 있다고 한다. 아버지 김정일 위원장은 인민들이 세끼 밥을 먹게 하는 것이 꿈이라고 했다는데, 그 아들은 경제부흥이라는 꿈을 꼭 이루고자 전력을 다한다는 것이다. 이제 곧 2차 북미회담도 열린다는 반가운 소식이다. 당장 통일은 어렵겠지만 자유롭게 서로 왕래하며 경제협력을 한다면 김정은 위원장의 꿈도 실현될 수 있으리라. 그리고 언젠가 자연스럽게 통일까지 된다면 단일국가로서의 위상이 세계의 중심으로 우뚝 설 게다. 가상으로 그려보는 것만으로도 최강국이 된 것 같아 흐뭇하다.

일부 회원은 적금도 타기 전 북한으로 여행을 가게 되면 농협에서 대출을 받으면 된다는 응원 글까지 올라왔다. 단체적금을 시작해봐야 할 것 같다. 북한 여행을 마치고 내려올 때는 '옥류관'에 들러 꼭 평양냉면을 맛보고 오리라.

잔인한 사월

"날아가던 새도 타 죽었어요."

불기둥이 치솟았다고 했다. 솟구친 불기둥이 강풍을 타고 활화산처럼 번졌다고 했다. 폭격을 맞은 듯 마을 전체가 화마에 휩싸여 불에 탄 '고성군 장찬마을' 주민의 말이다.

불길이 솟기 전날, 몇몇이 일박이일의 일정으로 강원도 고성을 찾았다. 충청도와는 달리 고성은 이미 길목마다 개나리와 복사꽃이 화사하게 피었다. 바닷바람에 살랑이는 솔잎은 청년처럼 기운차고, 바닥에 깔린 낙엽 사이로 새초롬 고개 내민 새순까지 다복다복 봄의 향연이 한창이었다. 토성면 주변을 돌다 횟집으로 들어갔다.

고향을 지키며 뱃사람으로 살고 있다는 주인장은 내일은 강풍이 대단할 테니 일찍 돌아가라고 했다. 일기예보를 확

인해 보니 강한 바람을 예고하고 있었다.

다음 날 아침, 창문을 열어젖히는 순간 횟집 주인의 말이 이해되었다. 휘몰아친 바람이 방안의 커피포트를 날려버렸다. 바다에서 몰아치는 파도 소리가 마치 콩을 키질할 때 나는 소리처럼 들렸다. 충청도에서는 한 번도 느껴보지 못한 강풍이 섬뜩했다. 일행은 통일 전망대만 들렀다 집으로 가자고 합의했다.

서 있기도 힘들 정도의 바람을 가르며 속초로 향하는 서울양양고속도로로 접어들었다. 강풍은 돌멩이를 휘휘 내두르며 돌려차기를 하는 것 같았다. 자동차도 엎어버리겠다는 기세로 마구 흔들기를 여러 번, 운전대를 움켜쥔 남편이 급브레이크를 밟을 때마다 온몸에 힘이 주어졌다. 터널로 들어서서야 겨우 안도의 숨을 몰아쉴 만큼 밖이 무서웠다. 설설 기다시피 강원도를 빠져나와 해가 질 무렵에야 무사히 집에 도착했다. 그런데 짐도 풀지 않는데 고성에서 불이 났다는 뉴스가 떴다.

속보를 보며 고성의 화마 속으로 빨려 들어가는 것만 같았다. 발화의 시초인 전신주 개폐기에서 불꽃이 튀는 광경에 심상이 방망이질을 해댔다. 더구나 우리는 그 주유소 바로 옆 건물의 식당에서 점심을 먹었다. 감히 바람의 속도를 짐작해보건대 불꽃은 태풍을 타고 삽시간에 건너뛰기를 하고도 남을 것이라 여겼다. 예상대로다. 불덩이가 훅훅 뛰어넘기를 한다. 몸이 화끈거리고 연기를 들이마신 듯 숨이 막혀왔다.

2005년 4월의 한식날, 양양의 산불로 낙산사까지 불이 번지던 날이 떠오른다. 양양 산불로 온 국민이 마음 졸이던 그날 우리 농장 주변도 화염에 휩싸였다. 그때는 충청도에도 강원도처럼 바람이 세차게 불었다. 강원도 불길이 낙산사 쪽으로 붙을 것 같다고 하자마자 우리 농장 주변에서도 불꽃이 사방으로 번졌다. 다행히 농장 뒤 출입문 쪽으로 쌓아둔 사료 포대의 아랫부분이 젖어있어 농장은 불길을 피했다. 하지만 불길은 높은 쪽으로 번져 농장 위 사찰 쪽으로 번져갔다. 문화재자료 제20호의 마애여래좌상을 모신 절이어서 모두 애간장을 태웠다. 조상의 묘를 찾은 이들과 군의 소방대 및 자원봉사대가 나서주어 불길을 막았다.

그리고 그다음 해 4월, 몹시 바람이 심하게 불던 날 밤사이 새끼 돼지우리에 불이 났다. 아침이 되어서야 알게 되었다. 어찌 된 건지 경보음도 울리지 않았다. 다행히 내부만 타고 지붕으로는 옮겨 붙지 않았다. 창문이 없는 돼지우리 안에서 새끼돼지 삼백여 마리가 산더미처럼 죽어있는 것을 보는 순간, 아연실색했다. 흑백화면 같다는 말이 이해되었다. 머릿속이 텅 빈 채 혼이 빠져 한동안 정신을 차릴 수가 없었다.

고성산불처럼 비화飛火 현상은 참으로 무섭다. 불이 시작될 무렵 바람의 속도는 시속 120㎞를 달리는 차량 속도와 맞먹는다고 했다. 무엇보다 태백산맥을 넘어 양간지풍襄杆之風으로 몰아친 돌풍까지 가세하였으니 솔방울이 황하게 타며 날아가 불씨를 퍼트리는 건 당연할 뿐만 아니라 하늘을 나는 새도 타 죽을 수밖에….

3단계 대응 발령이 떨어지자 사상 최대의 특별재난 사태에 소방차 총동원령이 내려졌다. 800대가 넘은 전국의 소방차가 고속도로를 달려 집결했다. 신형장비인 화학 소방차계의 '로젠바우어 판터'는 주유소 등에 배치되었다. 군 병력도 총 지원에 나섰다. 병력을 전개시켜 군 보유 소방차와 헬기로 주민을 위해 전투 식량까지 조달했다. 문화재청은 인근의 사찰 등 주요 문화재 자료와 보물 등을 옮기는 데 주력했다.

이번 산불에서 제일 위험했던 건 고성 간 속초 사이의 발화지 근저에 화약 전문 업체였다. 이 장고에는 폭약과 뇌관이 저장되어 있는데 만약 화약고에 불이 번지면 5천 킬로

그램에 달하는 화약이 폭발할 수 있는 긴박한 상황이었다. 불바다가 날 지경을 막기 위해에 경찰이 나섰다. 신속히 화약이 옮겨졌다. 화약을 옮긴 후 얼마 안 되어 저장고는 불에 탔다.

자연의 힘을 꺾기 위해 재빨리 강원도로 집결할 수 있었던 건 2017년도에 개통한 서울양양고속도로 덕이다.

(고성산불/ 2019년 4월 4일)

– 다시 고성을 찾아

고성 산불이 완전히 진화되었다. 인터넷에는 출동지침에 따라 신속히, 각자의 자리에서 현장을 지켜낸 영웅들을 칭찬하는 글들이 쏟아졌다. 왜 아니 그렇겠는가. 땅에서는 소방관이 지켜주었고 하늘에서는 군이 헬기까지 동원하는 등 최선을 다해 주었다. 곳곳에서는 시민들이 오토바이로 불길 속을 누비며 대피하지 못한 사람들을 구해냈다.

전국의 소방차 중 872대가 일제히 경광등을 켠 채 화재 현장으로 진격했다. 용사들의 출격은 세계 어느 나라에서도 볼 수 없는 감동적인 일이었다. 용사들이 서울-양양고속도로를 달리는 영상은 만화영화에서나 나올 법한 풍경이어서 국민에게 큰 힘을 주었다. 모든 것이 일사천리로 움직였다. 한 대대가 불길을 막다 물이 떨어지면 그다음 대대가 바통을 이어받아 불길을 잡아갔다. 긴박한 화재 현장에는 봉사단원들까지 합세하여 용병들이 요기를 할 수 있도록 적극적인 지원에 나섰다. 아무 쓸모없는 불필요한 보고는 일절 없었다. 현장체계가 딱딱 맞아떨어졌다. 상상하기 힘든 일을 해낸 것도 뿌듯하지만 제일 감사한 것은 진화과정에서 소방관도 군인도 인명피해가 없었다는 사실이다.

강원도 주민들은 강원도를 찾아주는 것이 힘이 된다는 말을 했다. 불이 나기 전 고성을 찾았던 회원들끼리 의견을 모아 다시 고성을 찾기로 했다. 출발하기 전 우리가 들렀던 횟집과 몇몇 음식점이 걱정되어 전화를 해보았다. 바닷가에 있는 횟집 주인장만 전화를 받았다.

속초로 접어들자 잿더미로 변해버린 산이 먼저 눈에 들어온다. 휴게소도 집들도 새까맣게 타다 만 철근들이 그날의 무서움을 끌어안고 서 있다. 더러 불길이 피해간 집을 볼 때면 그나마 천만다행이라는 말이 절로 나왔다.

최초 발화지점인 전봇대 바로 옆에서 점심을 먹었던 식당부터 찾기로 했다. 그런데 식당이 없다. 빈터만 남아있다. 화마에 쓸린 잔재를 어느 정도 치운 상태다. 주유소는 그대로 있다.

지나가는 주민에게 그때의 정황을 물어보니 너무도 긴박하여 식당까지 불길을 잡을 수가 없었다고 한다. 가스통만 멀리 치워놓고 로젠바우어 판터가 큰 불길을 막았고 이어 소방차와 맞은편의 군인들이 합세하여 주유소를 막는 데 주력했다고 한다. 주유소에 불이 붙게 되면 바로 길 건너 군부대까지 위험하여 어쩔 수 없었다는 이야기다.

식당 주인의 속이 많이 상했겠다고 하자, 외려 주유소를 막아주고 군인들이 아무 일 없는 것만으로 감사하다는 말을 남겼다고 한다.

저녁밥을 먹었던 '잿놀이' 식당으로 향한다. 세상에나. 산속으로 들어갈수록 그야말로 화마가 쓸고 간 곳곳이 초토화 되어 있었다. 사람이 다치지 않은 것만으로도 천운이라고 할 만큼 끔찍했다.

소실된 산림도 심각하지만 곳곳이 잿더미로 변하였으니 이재민의 정신적 충격 또한 클 것이리라. 겨우 몸만 빠져나온 이재민은 언제나 아늑한 집을 되찾을 수 있을지 마음이 착잡하다.

모든 것을 잃고 맨몸으로 뛰쳐나온 이재민들의 슬픔과

함께 꽃들도 까만 잿더미로 바꿔버린 바람. 사월의 강한 바람은 철부지일까, 질투의 여신일까? 이 아름다운 꽃 계절을 단번에 짓밟아버리다니. 참 잔인한 사월이다.

골고루 좀 주시지

들통으로 쏟아 붓는 것처럼 장맛비가 내린다. 농경지가 침수되고 도로가 유실되었다. 공장과 아파트 지하주차장까지 물에 잠긴 곳이 많다. 산사태로 집을 잃은 사람들의 한숨이 깊어간다.

불과 보름 전만 해도 사정은 정반대였다. 봄부터 이어진 가뭄으로 전 국토가 메말라 갔다. 저수지마다 바닥이 드러난 지 오래여서 다랑논은 모내기도 못 했다. 어느 농부는 모내기하기도 전에 자신이 먼저 말라 죽겠다고 했다.

농사는 하늘이 도와야만 풍작을 이룰 수 있다. 심은 모가 땅내를 맡으며 푸릇푸릇 자라야 할 유월 들판이 타들어 가는데, 답답하게도 온다는 비는 감감 무소식이었다. 한낮에 불어대는 더운 바람을 마주하면 마치 대형 헤어드라이어 앞에 서 있는 것 같았다. 물기가 뚝뚝 떨어지는 빨래를 널고 나면 금세 뽀송뽀송 말랐다.

식수까지 위기였다. 한국수자원공사에서는 물 절약으로 가뭄을 극복하자는 내용의 문자를 보내곤 했다. 물 부족 국가지만 나부터 실천에 옮기지 않았다. 돈은 아껴야 살 수 있다는 생각이 머릿속에 꽉 차 있었는데 자원은 공짜라고 여겨왔다. 말라버린 저수지와, 농사꾼이 먼저 말라버릴 것 같다는 농부, 오그라드는 작물을 지켜보고서야 늦게나마 물의 소중함을 되새기고는 했다.

그간의 습관이 무섭다. 싱크대 앞에만 서면 설거지 그릇을 놓지 않은 상태에서 손이 먼저 수도꼭지를 튼다. 쏟아진 물은 수챗구멍으로 쏜살같이 빨려 나간 후, 아차! 하며 급히 수돗물을 잠근다. 하지만 이미 흘러간 물은 어찌하지 못해 내 손등을 내가 치고 만다.

조무래기 시절에는 마을 공동우물에서 물동이를 이고 물을 길어와 항아리에 채웠다. 그때처럼 부엌문 가까운 뒤꼍과 바깥 샘에 큰 함지박을 놓고 물을 채워 놓았다. 뒤꼍에서 빨래와 세안을 한 후 꽃나무와 잔디에 물을 뿌려준다지민, 긴 가뭄을 당해낼 수는 없다. 시시때때로 한 바가시의 물도 허투루 버리지 않고 뿌려주었건만 텃밭의 푸성귀들조

차 시들시들 싱그러움을 잃었다. 장맛비가 온다는 일기예보는 여지없이 틀렸다.

　이러다 다 말라 죽는 건 아닐까 싶을 때쯤 드디어 비가 내렸다. 처음에는 오기 싫은 거 억지로 오는 것처럼 슬쩍 뿌리다 가고는 했다. 어느 순간 하늘이 어두컴컴해지고 굵은 빗방울이 후드득후드득 떨어지더니 장대비가 내렸다. 그러던 것이 이번에는 내렸다 하면 억수장마다. 그 가뭄에 어찌어찌해서 농사 다 지어놓았더니 폭우가 쓸고 가버렸다. 인근 도시 청주에는 강이 범람해 주택이 잠겼다. 농경지 침수는 말할 것도 없고 방송에 산사태로 집을 잃은 사람들의 망연자실한 모습이 비쳤다. 이재민이 발생한 건 물론이고 목숨까지 잃은 사람도 있다.

　그렇게도 가물더니 이번에는 홍수라니…. 골고루 나누어서 좀 주시지 어쩌자고 이렇게 한꺼번에 주시는 걸까. 심한 가뭄 끝에 내리는 폭우에 올여름은 물먹은 솜이불처럼 무겁게 보내는 이들이 많다.

노을 꽃

해마다 마을에서는 관광을 간다. 부녀회와 노인회가 함께 가는 여행이다. 꽃이 활짝 필 시기에 가면 좋겠지만, 수박 농가가 많아 이른 봄에 출발한다. 걸음걸이가 불편한 노인이 절반을 넘다 보니 걷는 장소는 배제했다. 휴게소와 식당 갈 때를 제외하고는 옛 노래를 부르거나 바깥 풍경을 즐기며 다녀올 계획이다.

확성기에서 흘러나오는 유행가에 발맞춰 마을회관에 당도한다. 맞은편 만여 평의 연꽃 방죽에서는 살몃살몃 물안개가 피어오른다. 손에 잡히지 않는 오묘한 환상의 꽃은 하늘하늘 피어오르다 내려앉기를 반복한다. 어찌 보면 선녀가 구름을 타고 내려와 노니는 듯하다.

어르신들이 지팡이를 짚고 하나둘 모이기 시작한다. 모

처럼 꽃단장을 하신 모습이 곱다. 지난해보다 몸이 불편한 어른이 몇 분 더 계셔서 인원이 줄었고 어머님도 넘어지셔서 가지 못한다. 떠나지 못하는 분들을 위해 떡과 다과 등을 마을회관에 챙겨 놓는다.

버스에 오른 인원이라야 남녀 합쳐 삼십 명이다. 오십 대는 넷, 청춘이다. 젊은이로 불리는 육십 대가 십여 명, 이분들이 큰 일꾼이다. 칠·팔십 대는 중년이며 중책 역할을 한다. 지난해 구십육 세의 명순이 어머니가 돌아가신 후, 최고령은 구십삼 세의 옥란이 아버지다.

버스가 출발하자 형님들이 준비한 먹거리를 앞앞이 나눠 준다. 여행 때마다 진행순서는 같다. 어르신들은 서로 노래를 부르지 않겠다며 빼는 것 또한 변함없다. 술기운이 거나해지거나 집에 도착하는 시간이 가까울수록 노래 제목이 줄줄이 적힐 것이다.

'옥골' 마을에서 나고 자란 분들이 몇몇 계시다. 아주머니들은 고된 시집살이를 견디며 억척스레 농부의 아내로 살아왔다. 남편을 먼저 떠나보낸 분도 있고, 자식을 앞세운 분도 있다. 많은 희로애락의 삶을 살아오면서 손은 닳고 닳아 갈퀴와 같고, 몸은 기역자로 굽었다. 훗날의 내 모습일 수 있다는 생각을 할 때, 창이 어머니가 자청하여 한 곡조를 뽑는다.

"인생살이가 고추보다 맵다 매워~."

모두 공감하는지 박수 소리가 우렁차다.

"정든 임과 둘이라면 백 년이고 천 년이고 두리둥실 살아가련만~."

자식을 먼저 보낸 심정과 홀로 남은 자의 고단함이 전해져서인지 순간 울컥해진다.

몇몇은 최근에 우리 마을로 이사 와 터를 잡은 분들인데 마을 여행이 마냥 좋단다. 이 중 허식이 오빠네 부부가 제일 인기가 많다. 올해 회갑을 맞은 노총각 오빠가 그 누구도 모르게 도둑장가를 갔다. 단출하게 근교에 있는 작은 절에서 예를 올렸다는데, 동리 사람들은 잔치국수가 먹고 싶다며 난리다. 색시가 어찌나 얌전하고 노래까지 잘 부르는지 칭찬이 더해져 버스 안이 잔칫집 분위기다.

점심은 횟집이다. 강원도의 회 맛에 만족해하는 어르신들이 모처럼 포식을 했단다. 이분들을 위해 내가 해줄 수 있는 거라곤 순간순간을 사진기에 담아드리는 거다.

돌아오는 길, 서산 위에 해가 발갛게 물들기 시작한다. 붉은 노을을 바라보는 어르신들의 선한 모습은 그보다 더 맑고 아름답다. 흡사 소녀와도 같다. 누군가 '아빠의 청춘'

을 부른다. 이어 '허공'을 부르고 '서산으로 넘어가는 청춘'을 부른다. 다들 밖을 바라보고 있다.

노을은 점점 더 짙은 줄무늬를 그린다. 허공에서 꽃이 피어나고 있는 모습이 어르신들을 닮은 노을 꽃이다. 그동안 얼마나 애면글면 살아왔던가. 대가족이라는 무거운 짐을 메고 흙을 일궈온 분들이 아니던가.

여기저기서 노래 제목을 찾아달라는 요청에 돋보기를 쓴 내 눈길이 바쁘다. 어르신들의 노래에 힘찬 박수와 함께 장단을 맞추는 사이 버스는 이미 읍내로 접어들었다. 이장님의 추천으로 오늘 저녁은 밥보다 국수를 먹는 게 좋겠단다. 신혼부부를 위한 배려이고 마을 잔치마당을 펼쳐주는 의미를 담고 있다.

관광을 위해 수고한 형님들에게 먼저 감사의 박수를 보낸다. 어르신들께는 건강을 기원하는 힘찬 박수로 마무리하는 하루, 거나하게 취기 오른 어르신들의 얼굴에는 청춘이 발갛게 물든다.

금잔디 미용실

지팡이를 짚고 어정어정 걷던 어머님의 발걸음이 오늘은 유모차 바퀴만큼이나 빠르다. 기운 또한 어찌나 넘치는지 엉덩이를 받칠 새도 없이 턱 높은 자동차에 가볍게 오르신다. 구순을 앞둔 어머님을 모시고 미용실로 향한다.

면 소재지로 들어선다. 옛 구말장터의 중심가에서 우측 골목으로 접어들면 낡고 허름한 간판이 붙은 미용실이 보인다. 어머님을 부축하여 안으로 들어서니 벌써 한 분은 파마를 말아 수건을 뒤집어쓰고 있고, 한 분은 머리를 자르는 중이다. 이웃 동네에서 농사짓는 어르신들이 꼭두새벽부터 오셨단다.

오랜만에 뵙는 원장님의 손놀림이 예전과는 판이하다. 왼손으로 머리카락을 쥐려는 찰나 미세하게 떨린다. 가위를 든 오른손 역시 마찬가지다. 그런데도 커트 솜씨는 정교하다. 정원사의 손길 따라 다듬어지는 나무처럼 가위가 지나간 자리는 정갈하다.

어머님을 한쪽 의자에 앉히고 미용실을 둘러본다. 어렸을 적부터 엄마를 따라 들락거리던 그때와 내부는 별반 바뀐 게 없다. 한쪽 벽면에 바라밀다경이 걸려있는 것도 그대로다. 양동이에 물을 받아 바가지로 물을 퍼 머리를 감던 그릇만 사라졌을 뿐, 딱지만한 크기의 타일로 붙인 머리 감는 개수대도 원장님만큼 늙수그레해졌다. 의자 밑에 너저분한 상자가 숨어있는 것 또한 여전하다. 가정집에서 쓰는 큰 둥근 소쿠리에 파마를 말기 위한 롤과 도구들이 담겨있는 것도 변함이 없다.

누군가 먼저 이 동네, 저 동네 소식을 전하다 보면 면내 소식통은 다 듣게 된다. 그 사이 원장님이 머리를 자르고 나면 손님 중 누군가는 빗자루를 들고 바닥을 쓸어낼 거다. 또 누군가는 수건을 모아 세탁기를 돌려줄 것이다. 그러다 점심때가 되면 원장님은 국수를 시킬 게 분명하다. 양푼 그득한 국수는 사랑방 손님들의 든든한 요기이자 외식이 된다. 손님 중 한 분이 설거지하는 동안 다른 이는 바깥에 문지기처럼 서 있는 빨래 건조대에 수건을 널어주는 것도 여전할 것이다. 원장님의 손놀림 따라 이야기도 따라가고 허리를 좀 더 펼 수 있는 할머니가 옆에 서서 롤과 고무줄을 건네주다 보면 한세상 살아내는 이야기는 소설책 한 권을 엮는다.

금잔디 미용실은 늘 농촌 할머니들로 붐빈다. 그렇다고 하루에 몇 십 명의 손님을 받는 건 아니다. 많아야 예닐곱 명을 넘지 못한다. 새 아침부터 손님이 문을 두드리면 일과가 시작된다. 올해 78세의 금잔디 미용실 원장님은 이곳에서 잔뼈가 굵은 토박이다. 결혼과 함께 58년의 세월을 변함없이 붙박이처럼 살아왔다. 거슬러 올라가면 내가 태어나던 해 원장님은 이곳 남자를 만나 혼례를 올렸고 동시에 미용실을 차렸다. 호기심에 미용실 이름을 누가 지었는지, 금잔디라는 깊은 뜻이 있느냐고 여쭤보았다. 생각보다 간단한 답이다. 가게 안마당에 자라는 잔디가 밝고 아늑했단다. 상호를 고민하던 차 간판장이가 오더니 마당의 잔디가 잔잔하면서도 빛이 난다며 '금잔디'가 어떠냐는 제안에 고민할 것도 없이 바로 정했다고 한다.

하지만 원장님의 일생은 안마당의 금잔디만큼 잔잔하지 못하다. 아저씨라고 불렀던 원장님의 남편은 영화배우는 저리 가라 할 만큼 인물이 좋고 신체가 훤칠하다. 젊은 시절의 아저씨는 신작로에서 자전거를 타고 지나가면 미루나무 잎이 더더욱 반짝일 만큼 길이 훤했다. 그러니 주위의 다방에서 일하는 이들과 여인네들이 호들갑을 떨고도 남을 일이다. 평생을 남편 뒷바라지에 여념이 없던 사이 세월은 흘렀고, 아저씨가 방탕한 시간을 보내며 쓴 돈은 빚이 되어 원장님의 몫으로 남아 아직도 갚아나가고 있다. 질긴 실타래의 뭉치를 하루만큼씩 잘라내며 갚아 가고 있는 원장님은, 그나마 미용기술을 배웠기에 다행이라니 마음은 천상 금잔디다.

단골손님은 인근에서 평생을 흙과 함께 농사를 짓고 살아온 고만고만한 할머니들이다. 한때는 마을마다 돌며 회관에서 머리를 자르고 파마를 했다. 그 당시에는 어머니들이 한복을 곱게 입고 파마를 말았었는데 동네잔치 같았다. 생전에 친정엄마도 단골이셨다. 친정엄마보다 세 살이 적은 원장님과는 형님 동생하며 편히 지냈다. 세월이 흐르다 보니 이제는 원장님도 중할머니다. 연세가 많은 노장 어르신들은 자식들이 데려다줘야만 미용실을 찾을 수 있다. 그래도 구순을 앞둔 시어머님부터 머리에 파마기가 없으면 자존심이 추락한 것 같다고 한다. 원장님의 손끝을 거쳐야만 여성으로서 자존감이 높아진다니 타고난 금잔디미용사다.

미용사를 천직으로 받아들이며 받는 수고비는 파마와 염색을 합해 3만 원이다. 머리카락과 함께 그간의 가슴앓이를 잘라내는 원장님은 이제는 형님들이 기다리고 있어 그만두지 못하겠단다. 이웃 마을 누구누구네 형님들의 소식이 없으면 더럭 걱정된다며 미용기술 덕에 많은 분과 소통하는 게 제일 좋단다. 어디 원장님뿐이겠는가. 가위손 덕에 축 늘어진 머리카락이 파마를 끝낸 후면 꽃이 핀 것 같으니 얼마나 생기로운가. 여자의 변신은 무죄라 했고 늙어도 여자다. 노장의 자존심에 늘 잔잔한 함박꽃이 활짝 피어나겠지.

자숫물

긴 가뭄이 이어지는 여름이다. 당분간 비 소식이 없다는 예보다. 어려서부터 몸에 밴 습관 때문일까. 부엌 뒷문 가까이에 함지박 가득 물을 담아놓는다.

채소를 씻을 때도 식사 후에도 빈 그릇을 들고 뒤꼍으로 향한다. 쌀을 씻을 때면 뜨물은 따로 받아 놓는다. 설거지할 때 세제보다 쌀뜨물로 그릇을 닦으면 물도 절약되고 뒤끝이 깔끔하다. 설거지를 끝낸 자숫물은 텃밭으로 들고 나가 나비물을 뿌린다.

어렸을 적 우리 집은 우물이 없었다. 물동이를 이고 마을 공동우물에서 물을 길어와 큰 가마솥에 가득 채워야 했다. 가마솥과 밥을 안치는 작은 무쇠 솥을 건 부뚜막에는 항상 자숫물이 담긴 자배기가 놓여 있었다. 무쇠 솥을 닦고 난

물도, 재티가 날린 부뚜막을 닦은 물도 수챗구멍으로 흘려 보내지 않고 마당이나 텃밭에 뿌렸다.

그 시절에는 국민학교에 들어가지 않은 조무래기까지 공동우물에서 물을 길어 와야 했다. 무쇠 솥을 채우기까지의 과정이 힘들다 보니 물 한 방울이라도 허투루 버릴 수가 없었다. 보리쌀을 박박 문질러 닦은 후에는 밥도 해야 했다. 종일 밭에 나간 엄마를 위해 으레 밥 당번은 여자아이 몫이었다. 그뿐만이 아니다. 동생을 업고 젖을 먹이기 위해 엄마를 찾아 밭으로 갈 때면 등에 업힌 아기 다리와 업고 있는 여자아이 다리가 겹쳐졌다. 아기가 아기를 돌봐야 하는 농번기 때는 조무래기에게도 바쁜 철이었다.

집집이 헛간 천장마다 마늘 다발을 주렁주렁 매달도록 마늘 캐는 일도 도와야 했다. 하얀 감자와 자주감자도 캐서 헛간의 구석에 들여놓고 나면 곧바로 보리타작이 시작되었다. 들일이 늦게까지 끝나는 계절은 더 많은 물을 길어 나르거나 우물을 찾아야 했다. 서산으로 해가 넘어갈 때면 보리쌀이 담긴 자배기를 이고 우물로 갔다. 보리쌀을 박박 문질러 씻다 보면 우물은 쑥쑥 줄어들고 두레박 끈은 점점 실어섰나. 집에 우물이 있는 친구들이 제일 부러웠나.

우리 집은 긴 골목을 오가야 하는 윗단말에 있어서 물을 길거나 빨랫감을 들고 다니는 것이 힘들었다. 좀 더 컸을 때 우리 집에도 열 자 깊이의 우물을 판 후 그 안으로 관을 연결하여 펌프를 달았다. 그 덕에 물 긷는 일은 줄었지만 부엌의 구조가 변하지 않아 여전히 자숫물을 들고 오갔다.

세월에 맞춰 현대식 집에서 사는 이즈음에도 그때처럼 부엌문 가까운 곳에 큰 함지박을 놓고 물을 채워 놓는다. 요즘처럼 마른장마가 이어질 때는 뒤껼에서 빨래와 세수를 한다. 마지막 헹군 물을 꽃나무와 잔디에 뿌려 갈증을 풀어 주면 내 목마름이 해소된 듯 시원해진다.

우리가 살아가는 데 없어서는 안 될 물, 수도꼭지만 틀면 콸콸 흐르는 물, 흔한 듯하지만 가장 귀한 것이 물이다. 물을 아껴야 한다는 말은 몇 십 년째 이어져 오고 있다. 심각하게 받아들이지 않던 나부터 어려서 몸에 익은 습관을 다시 몸으로 실천한다.

3

긴 여름

"돼지도 그래, 돼지도 분만하기까지 그래."
간호사가 심호흡하라고 할 때도 남편의 말은 비슷했다.
"돼지는 자기가 알아서 심호흡해."
고통보다 창피한 생각이 먼저 들어
누가 들을까 봐 주위를 살폈다.
눈치 빠른 간호사는 우리 옆에만 오면 얼굴색이 붉어졌다.
양 볼에 알사탕을 물기라도 한 듯
억지로 입을 꾹 다문 모습이 역력했다.
나는 돼지가 아니었다.
심호흡도 할 수가 없었다.
아기가 원활하게 나오도록 해 줄 양수가 없어서
그 고통은 이루 말할 수가 없었다.
－본문 중에서

긴 여름

한낮 무더위가 기승을 부린다. 가만히 서 있기만 해도 땀이 줄줄 흐른다. 아침부터 발바닥에 불이 나도록 종종걸음 하다가 너무 힘에 부쳐 나무 그늘을 찾아 털썩 주저앉았다. 단풍나무가 안쓰럽다는 듯 물끄러미 내려다본다. 지친 내게 나뭇잎은 살랑살랑 땀을 식혀준다.

12년을 모돈사에서 일하던 외국인 부부가 그만 두었다. 일할 수 있는 기간이 한 달여 남았지만, 중국으로 돌아가기 전 아들네와 관광을 하고 싶어서라니 어쩌랴. 부랴부랴 직원을 구하려 수소문해 보지만 하우스 채소농사와 맞물려 만만치 않다.

요즘은 외국인 근로자들도 하우스에서는 일할망정 축산일은 꺼린다. 동물에서 나는 특유의 냄새와 그에 따른 뒤치다꺼리가 고되다는 걸 알기 때문이다. 직업소개소에서조차 축산업소개는 꺼리는 편이다.

요며칠 몇 명의 한국인과 외국인이 다녀갔다. 하지만 영 마뜩찮다. 한국 사람이 농장에서 일하겠다고 하면 의심이 먼저 든다. 열이면 열, 사나흘을 버텨내지 못해 질병만 옮겨놓는 셈이다.

그나마 돈을 벌려는 외국인이 있어 힘이 된다. 다만 몇 해 전과 비교해 일손이 귀하다고 알려지면서 요구 조건이 까다로워졌다. 산재보험이나 상여금 등은 기본이지만 각종 근로 혜택 및 여가생활까지 꼼꼼히 챙기려 한다. 그중에 어떤 외국인은 임금 결정은 아예 뒷전이고 숙소와 먹을거리에 관심을 더 가지며 하루 벌어 즐기려는 이들이 있다. 마트와 노래방이 멀다며 불평하는가 하면, 휴일마다 도시에 있는 친구들과 어울릴 생각을 앞세운다. 오죽하면 면 단위의 가게마다 씀씀이가 큰 외국인들 덕에 운영이 된다고 할까. 그만큼 그들이 시장경제에 활력을 준다는 뜻이기도 하다.

일손을 못 구한다고 돼지들을 굶길 수는 없다. 땀을 식혔으니 다시 관리사로 들어간다. 후보 돼지우리에 사료자동급여기 스위치를 눌러준다. 모돈사로 이동한다. 언제 순산

했는지 세 마리의 어미돼지가 각기 자기 새끼들에게 젖을 물리고 있다. 새끼들은 주둥이로 서열 싸움을 하며 각자의 젖꼭지를 차지한다. 젖을 뗄 때까지 자기만의 젖꼭지만 빨 것이다. 꼬물꼬물 젖을 빠는 새끼들이 이상 없는지 확인 하고나서 수고했다며 어미의 젖을 힘껏 문질러준다. 산후돼지는 젖살을 마사지해 주면 시원해 하며 네 다리를 쭉 쭉 뻗는다. 그사이 새끼들의 서열 싸움은 더 치열하다. 어미의 젖이 제일 많이 나오는 젖꼭지는 언제나 힘센 놈의 차지다.

젖을 뗀 새끼 우리로 올라간다. 세심한 손길이 필요한 자돈사는 능선에 있어 오르내리기가 만만치 않다. 그간 이 능선을 오가며 일한 부부의 노고가 컸음을 절감한다. 새삼 감사하다.

그들 부부가 우리 농장에서 일한 것이 잠깐인 것 같지만 강산이 바뀔 만큼의 세월이 흘렀다. 부부가 성실하게 일하는 동안 농장에 구제역과 화재 등 크고 작은 일들이 많았다. 반면 부부에게도 애면글면한 일들이 빈번하였다.

애써 모은 제 부모의 돈을 큰아들과 작은아들이 곶감 빼먹듯 통장에서 야금야금 빼내어 갔다. 지켜보는 우리도 마음이 아프기는 매한가지였다. 궁리 끝에 통장을 따로 만들어 적금을 넣게 하였다.

어느 날인가. 큰아들이 나타나 제 부모의 노후를 위해 중국에 상가를 사두면 좋겠다며 꼬드겼다. 우리도 좋아했다. 그런데 중국에 다녀온 큰아들이 들고 온 서류를 보는 순간 아저씨는 그만 분통을 터뜨렸다. 구렁이 담 넘어가듯 아무런 상의도 없이 제 각시 앞으로 상가를 장만해 놓은 것이었다. 그리고 얼마 후, 아저씨의 남동생이 중국에 대형병원을 짓는다며 돈을 빌려 간 후 감감무소식이었다. 이후 작은아들은 결혼식을 올려 달라, 차를 사 달라 하면서 손녀딸들을 데리고 드나들었다. 부모 등골 빼먹는다더니 이를 두고 하는 말일 터. 자식 이기는 부모는 없는가 보다.

예전에 우리나라에서도 중동으로 근로자를 파견하여 외화를 벌어들였다. 그로 인해 경제발전에 큰 도움이 되었지만, 씀씀이가 큰 가정에선 그 노동의 대가를 허투루 쓰는 바람에 가정파탄에까지 이른 경우가 허다했다. 아저씨의 사정과 별반 다름없다.

부부가 손에 쥐고 간 돈은 쥐꼬리 만큼이다. 이른 시일에 다시 오겠다는 약속을 하고 갔지만, 돼지우리의 손길이 어찌나 많은지 하루가 여삼추다.

소개소를 통하여 네팔 청년 두 명이 왔다. 다행히 한국말을 곧잘 해서 소통은 수월한데 철딱서니 없을 만큼 외모에만 신경을 쓴다. 참참이 맥주만 찾는 것을 보니 씀씀이가 헤프면 어쩌나 싶다. 돼지에 관해 배워야 하는 두 청년에게도 올 여름은 길 것이다. 잘 이겨내어 모국으로 돌아갈 때는 든든한 밑천이 되도록 적금을 들어줄 생각이다.

오늘도 자동기계장치를 설명하는 남편의 목청이 돼지우리를 넘나든다. 찜통더위를 식혀주는 에어컨 소리와 돼지 소리에 맞물린 남편의 목소리가 네팔 언어처럼 들린다. 올 해 여름은 유난히 길게 보낼 것만 같은 느낌이다.

아름다운 선택

앞뜰이 분주하다. 하우스에서 나오는 농부들이 장화를 터느라 엇박자를 맞춘다. 거름 뿌리는 작업을 하다가 새참 먹는 시간인 듯하다. 다른 편 논에서는 노인 두 분이 작대기로 뒤집어 놓은 볏짚에 불을 붙인다. 지푸라기는 불쑥불쑥 벌겋게 타오르다 이내 검은 재티가 되어 봄바람에 나부낀다.

오늘은 우리 논에 돼지분뇨를 뿌리는 날이다. 논바닥을 갈아엎기 전, 분뇨를 살포하면 모의 뿌리가 튼튼하게 내리고, 양분이 좋아 벼 포기가 튼실하게 자랄 뿐만 아니라 가지벌기에도 좋다. 따로 힘들게 가지 비료를 주지 않아도 된다. 그렇다고 너무 많은 양을 뿌리면 낟알이 주렁주렁 열리게 되어 벼 포기가 버티질 못하고 쓰러진다. 밥맛도 덜하다.

몇 해 전부터 이웃 농가에 비료 대신 분뇨를 뿌리면 벼 수확량이 많다며 알려 주었는데도 대부분 벼농사 다 망치게 될 거라며 귀담아듣지 않았다. 어느 분은 분뇨처리가 어려워서일 거라며 오해도 했는데 들녘에 뿌려주는 수고비에서부터 모든 비용은 축산농가가 부담한다는 사실을 알지 못해서 그런 것 같다.

설렁설렁 농사를 짓는 것 같은데도 소출이 많은 우리 집 벼농사를 눈여겨보던 이웃 농가가 반신반의하며 분뇨신청을 시작했다. 혹한 추위가 물러간 뒤 뿌려 주는데 이웃들이 분뇨차를 따라다니면서도 한걱정을 한다. 지금까지의 농법으론 밭작물에는 거름을 듬뿍 뿌렸으나 논에는 거름을 내지 않았다. 헛농사가 될까 봐 걱정하는 것은 당연하다. 화학비료만 더 주지 않으면 이상이 없다며, 이렇게 벼농사를 지어온 우리를 믿어보라며 안심을 시켜주었고 그래도 불안해하는 농가에는 우리 쌀로 채워주겠노라고 까지 말한다.

지난해와 달리 올해는 분뇨를 뿌려 달라는 농가가 더 늘었다. 인삼밭과 고추밭에도 뿌려달라는 신청이 들어왔다. 하지만 마음대로 뿌려줄 수가 없다. 담당 환경과에 분뇨를 뿌리겠다는 신청을 해야 하고 절차에 따라야 한나.

몇 해 전의 일이다. 생땅을 얻어 인삼을 심으려는 농가에서 분뇨를 뿌려달라고 신청을 했다. 또 다른 집은 고추를 심을 거라며 톱밥 거름을 내달라고 했다. 인삼밭이든 고추밭이든 거름을 내고 나면 작물주인은 곧바로 트랙터로 땅과 퇴비가 섞이도록 갈아엎는 작업을 한다. 갈아엎는다고 두엄 냄새가 바로 없어지진 않는다.

한창 분뇨를 뿌리며 트랙터가 밭을 갈아엎는 도중에 환경과에서 연락이 왔다. 냄새 때문에 민원이 들어왔다는 것이다. 환경법이 강화되어 발효하지 않은 생거름을 밭에 뿌릴 경우, 민원이 제기되면 법에 위반이 된다는 것을 그제야 알았다. 벌금보다 농촌에서 농사를 함부로 지을 수 없다는 허탈감에 낙심했다.

분뇨 사건이 있고 난 뒤 이웃 마을의 형님 한 분이 밭에 거름을 냈다고 했다. 그런데 근처의 아파트에 사는 젊은 여인 몇몇이 냄새가 난다며 짜증 섞인 목소리를 내더란다. 며칠만 참으면 된다고 하자 "사서 먹지 농사는 왜 짓느냐"고 하여 너무나도 어이가 없었단다. 듣고 있는 나도 어이가 없기는 마찬가지다. 모든 곡식은 땅에서 생산된다. 그 곡식이 식탁에 오르기까지는 밑거름을 줘야만 한다. 그 여인들은 도대체 뭘 먹고 사는 것이며 농사에 농 자나 알고 있는 것인지. 자연퇴비가 화학비료에 비교해 얼마만큼 좋은 것인지 전혀 모르는 사람들이다. 그보다는 곡식이 어떻게 자라며 어떤 과정을 통해 식탁에 오르는지조차 아예 모르는 것 같다.

예전에는 인분뿐만이 아니라 모든 거름이 귀했다. 거름을 구하려고 새벽마다 개똥이나 소똥을 모으는 농부도 많았다. 똥장군을 짊어지고 인분을 뿌려도 냄새를 빌미로 신고하지는 않았다. 농사에는 꼭 필요한 것이 거름이라는 것을 누구나 알고 있었다.

농사에 필요한 퇴비는 흙이 좋아한다. 흙은 똥을 잘 받아들이고, 각종 미생물의 먹이가 되며, 그 과정에서 잘 분해되어 땅을 기름지게 한다. 각종 포장지로 쓰는 비닐이나 플라스틱 제품은 흙이 싫어한다. 세월이 흘러도 분해가 잘 안 되기 때문이다. 어떤 화학제품은 몇 백 년이 흘러도 분해되지 않는다. 화학제품 때문에 흙이 망가지면 우리가 살아가는 데 위기가 닥친다는 것을 인식하지 않는 것은 문제라고 본다. 아무렇지 않게 사용하는 비닐이나 화학제품이 똥보다 더 해롭다는 것을 알려고 하지 않는 게 더 큰 문제다.

똥이 더럽다고 찌푸릴 일이 아니다. 똥을 받아들인 흙은 땅심이 좋아져 아름다운 결과불을 인간에게 제공한다. 문제는 오히려 썩지 않는 화학제품이다. 땅을 되살리는 일은 인간만이 할 수 있다. 이 시점에서 우리는 선택해야 한다. 똥을 선택함으로 감수해야 할 약간의 불편을 받아들일 것인지, 깨끗해 보이지만 사실은 환경을 망가뜨리는 화학제품을 고집할 것인지를.

여섯 평의 행복

　　흥건하게 젖은 수건을 비틀 때마다 쭈르르 물이 떨어진다. 낙하하는 물방울이 푸석푸석한 흙살에 먼지를 일으킨다. 남편과 삽질하는 일꾼, 굴착기 기사까지 연신 목에 둘렀던 수건을 짠다. 사람 체온을 뛰어넘는 불볕더위가 이어지고 있다.

　　현장의 체감온도는 두 배다. 한여름 뙤약볕을 이겨내며 작업에 여념이 없는 것은 새 직원이 머무를 이동식 컨테이너를 놓기 위해서다.

　　어느 일터든 일하는 사람의 마음가짐에 따라 능률에 차이가 난다. 특히 생물을 다루는 직업은 더 많은 손길과 정성을 들여야 한다. 후각이 발달한 돼지는 사람이 바뀌기만 해도 털이 까칠해지는 걸 알 수 있다. 조금의 방심이나 소

홀함도 금방 눈에 보인다.

분만사에서 십오 년 동안 근무하던 중국인 부부가 부부 싸움을 했다. 화가 나야 할 쪽은 아줌마인데 아저씨가 비행기를 타고 중국으로 훌쩍 가버렸다. 오십 대에 우리 농장에 온 부부는 어느새 칠십을 바라보고 있다. 그간 땀 흘려 모은 절반의 돈은 자식들 뒤치다꺼리에 쓰였다. 아줌마는 조금만 더 돈을 모아 편히 살겠다며 입버릇처럼 말했다.

그러던 지지난해, 중국에서 건설업을 한다는 아저씨의 남동생이 수천만 원의 돈을 빌려 달라고 했다. 우린 절대로 주면 안 된다고 못을 박았다. 아줌마 역시 못 준다며 강하게 버텼지만, 칠 남매의 맏이인 아저씨는 쇠귀에 경 읽기였다. 돈을 받은 뒤 몇 달간 소식을 주던 그 남동생은 올봄에서야 빌려 간 돈을 도저히 갚을 수 없게 되었다고 했다.

아줌마는 밤잠을 이루지 못했다. 마음에 병이 들면서 볼이 오목하게 들어갔다. 차라리 '언젠가는 주겠지'라며 기대했을 때가 더 편했다는 아줌마, 누워있으면 속에서 천불이 나 밤새 농장 주위를 쏘다니다 새벽녘에서야 눈을 붙인다고 했다. 피땀 흘려 저금한 돈을 눈뜨고 뺏겼으니 속에서 열불이 끓는 건 당연하다.

"돈만 빌려주지 않았어도."

참다못한 아줌마가 한마디 한 것인데 아저씨가 골질하며 중국으로 휑 가 버렸다. 그들의 돌이킬 수 없는 부부싸움의 피해는 고스란히 우리 몫이 되었다. 아저씨의 빈자리를 남편이 채우고 있지만 다른 곳의 비육사를 돌아보며 바깥일을 오가야 하니 몸이 두 개라도 부족한 실정이다.

부랴부랴 사람을 구했다. 중국에서 요리사였다는 서 씨는 눈치가 빠르고 무슨 일이든 대들어서 하려기에 내가 더 마음에 들었다. 크레인이 도착하고 드디어 네 귀퉁이의 틀 위에 여섯 평의 컨테이너가 올려졌다. 지붕이 있는 컨테이너 내부에는 방 한 칸에 욕실과 싱크대까지 갖춰졌다. 마무리 작업으로 마당을 만들고 그 위에 자갈을 깔았더니 사람 사는 집 같다.

서 씨의 입가가 다물어지질 않는다. 몹시 흡족한 표정이다. 싱글벙글하는 서 씨의 표정과는 달리 나는 외려 미안하다. 예전의 컨테이너보다는 단열이 잘 되었다곤 하지만 주택만 하겠는가. 서 씨는 발걸음까지 신나게 오간다. 마치 60평의 너른 집을 갖게 된 듯 다물어지지 않은 입가의 골진 주름에서 그의 고단한 삶이 읽힌다.

우리에게 꼭 필요한 사람을 놓치고 싶지 않았다. 그의 마음이 고마워 웬만한 살림살이는 새것으로 들였다. 여섯 평의 노란색 이동식 주택 하나에 저리 좋아하다니. 작은 것 하나에도 감사할 줄 아는 마음이 행복임을 깨닫는다.

서산 노을이 빨갛게 줄무늬를 그리며 노란 집을 은근히 감싸준다.

돼지도 그래

며칠 후면 생일인 큰아들이 공휴일을 맞아 내려왔다. 미리 생일 밥상을 차려주려고 미역국을 끓이다 불현듯 출산하던 때가 떠올라 혼자 실없이 웃고 만다.

우리는 축산과를 전공한 남편이 큰 농장에서 근무할 때 결혼했다. 곧이어 첫아이를 임신하였고, 출산 예정일을 한 달여 남겨놓고 친정집에 들렀다. 하룻밤을 머문 후 우리의 보금자리가 있는 안성의 공도로 향하는 버스를 탔다. 집에까지 도착하려면 네 번의 버스를 더 갈아타야 했다.

그런데, 두 번째 버스를 갈아타자마자 갑자기 아랫도리가 뜨끈했다. 직감적으로 이슬이라는 걸 알았다. 긴장감이 임습해왔다. 안성까지 가야 병원에 갈 수 있으니 몹시 낭황스러웠다. 첩첩산중의 험난한 길을 돌고 돌아가는 그 와중에 양수가 줄줄 흘러내리기 시작했다. 중간 정류장에서 내려 택시가 있나 둘러보았으나 없다. 정류장 가게에서 아기가 사용하는 일회용 기저귀를 샀다.

세 번째 버스 안에서 남편은 내게 진통이 있는지 물었다. 아무런 통증이 없다고 하자 안심하는 표정이다. 돼지도 예정일보다 일찍 양수가 흐르면 진통이 뒤늦게 온다며 나를 안심시키려 애를 쓰고 있었다.

'아무리 그래도 사랑하는 부인을 돼지와 비교하다니….'

상당히 기분이 상했지만 어쩌겠는가! 행여나 버스 승객들이 우리의 대화를 들을까 싶어 시선을 창문 너머에 뒀다. 태연한 척 대꾸하지 않았지만, 혹여 버스 안에서 출산이라도 할까 봐 가슴이 조마조마했다. 이상한 것은 네 번째 버스를 타는 동안까지도 통증이 없었다. 어쩔 것인가. 택시를 잡고 망설이다가 집으로 가기로 했다. 진통이 오지 않았는데도 아무 준비 없이 병원에 가는 것은 좋은 결정이 아닌 것 같았기 때문이다.

다음날, 남편은 농장일이 급하다며 출근을 했다. 아기를 먼저 낳은 언니들에 의하면 별이 보일 만큼 아파야 아기가 나온다기에 혼자서 병원을 찾았다. 의사와 수간호사가 기겁했다. 양수가 다 빠져나온 상태에서 보호자도 없이 병원을 찾는 산모가 어디 있느냐며 펄쩍 뛰었다. 더욱이 산모의 엉덩뼈가 튀어나와 분만하는 도중 아기의 머리를 다칠 수 있다며 다급히 보호자를 찾았다.

택시를 타고 온 남편은 의외로 느긋했다. 의사는 남편에게 산모와 아기가 위험할 수 있다며 수술을 권장하고, 남편이 외려 유도 분만하자며 의사를 설득하는 두 사람의 대화가 누워있는 내 귓속으로 쏙쏙 들려왔다.

"초산인 돼지도 예정일보다 양수가 빨리 터지면 진통이 늦게 옵니다. 엉덩뼈는 엑스레이 사진으로 봤을 때 순산에 무리가 없을 테니 유도 분만을 시작해 보시지요."

드라마에서 본 산모가 남편의 머리카락을 쥐어뜯는 장면이 떠올랐다. 남편이 내 곁으로 오는 순간에, 머리카락부터 확 움켜잡겠노라고 다짐했다. 서서히 남편이 내게로 걸어온다.

그런데 이게 웬일인가! 내시 턱에 수염 나듯 듬성듬성 나 있는 남편의 머리! 뜯을 머리카락도 없는 저 남자가 정녕 내 남편 맞나? 갑자기 웃음보가 터지고 말았다. 일 년여를 사는 동안, 아니 연애를 하면서도 앞 머리숱이 저리도 없었는지 몰랐다. 내 눈에 콩깍지가 씌웠다는 걸 그제야 깨닫곤 어이가 없었다. 그저 웃음만 쏟아지기 시작했다. 한번 터진

웃음은 멈추질 않고 눈물까지 질금질금 흘렀다.

그때였다. 배가 꼬여오면서 진통이 왔다. 아기도 바깥소식에 덩달아 배꼽을 움켜잡고 웃는 모양이었다. 점점 진통은 잦아지고 사지가 찢기는 것 같았다. 그 와중에 남편은 한결같은 말만 반복했다.

"돼지도 그래, 돼지도 분만하기까지 그래."

간호사가 심호흡하라고 할 때도 남편의 말은 비슷했다.

"돼지는 자기가 알아서 심호흡해."

고통보다 창피한 생각이 먼저 들어 누가 들을까 봐 주위를 살폈다. 눈치 빠른 간호사는 우리 옆에만 오면 얼굴색이 붉어졌다. 양 볼에 알사탕을 물기라도 한 듯 억지로 입을 꾹 다문 모습이 역력했다.

나는 돼지가 아니었다. 심호흡도 할 수가 없었다. 아기가 원활하게 나오도록 해 줄 양수마저 다 빠져서 그 고통은 이루 말할 수가 없었다. 나는 그때 천장에 떠다니는 무수한 별을 보았다. 두 번 다시는 겪고 싶지 않은 열 시간의 진통, 두 번의 촉진제를 더 맞은 후 압축기 덕에 3kg의 아들이 태어났다.

아들이 내 품에 안겼다. 대부분 산모는 아기를 낳으면 제일 먼저 손가락 발가락을 확인한다는데 나는 머리카락부터

만져봤다. 두상은 고난의 흔적으로 쑥 들어갔지만, 다행히 내 아들은 털북숭이였다. 그때 낳은 첫아들의 머리숱은 아직도 굵고 풍성하다.

그렇게 낳은 아들의 서른세 번째의 생일이다. 미역국보다 더 구수한 추억을 선물한 남편은, 여전히 돼지를 끔찍이 여기며 말끝마다 '돼지도 그래'로 시작하고 끝을 맺는 천생 돼지 아빠로 살고 있다.

208번지에서 시작된 꿈

돼지우리에서 오전 관리를 끝낸 앳된 부부가 걸어 나온다. 온몸이 땀에 젖은 모습이 애잔하면서도 대견하다. 이제 겨우 26살의 막내와 25살의 막내며느리다.

둘은 같은 대학교의 축산과에서 만났다. 5년여간 변함없이 연애하여 부부가 되었다. 서울에서만 살던 며느리가 농촌으로, 그것도 돼지 키우는 사람과 결혼하겠다고 했을 때 친정 부모님이 큰 걱정을 했던 것 같다. 그 심정 충분히 이해가 간다. 나 역시 돼지농장에서 직원으로 일하는 남편과 그것도 동네 결혼을 한다고 했을 때 친정 식구들의 반대가 컸었다. 그 힘든 돼지농장 일을 영농후계자가 된 막내가 하고 있다. 가녀린 며느리를 바라보고 있으려니 내가 돼지엄마로 살아오기까지의 과정들이 새록새록 생각난다.

초등학교 때부터 담임선생님이 장래 희망을 적어오라고 하면 나는 늘 목장이라고 써 냈다. 닭을 키워 달걀을 팔고, 돼지를 키워 돈을 벌어 곳간에 식량을 채우고 싶었다. 나뭇간에는 땔감도 수북이 쌓아놓겠다고 다짐했다. 그렇게 208번지의 초가집에서 시작된 꿈은 부농의 축산인이 되는 것이었다.

한 마을의 친구 오빠가 내 마음에 들어왔다. 큰 돼지농장에서 근무하고 있었고 농장을 일구겠다는 꿈이 있어서 좋았다. 결혼을 발표하자마자 친정 부모님과 할머니의 반대가 심했다. 홀시어머니를 모셔야 하는 장남에다 제사가 많고 무엇보다 가진 것이 너무도 없다는 이유 때문이었다. 그러나 나는 사는 게 별거냐며 자신만만해 했다.

남편이 일하는 농장 근처인 안성에 신혼집을 마련했다. 혼인신고를 하러 면사무소를 갔더니 직원이 의아한 눈빛으로 쳐다보았다. 서류를 들여다보니 남편의 집 208번지와 우리 집 208번지의 주소가 같았다. 나중에 들으니 마을 대부분의 땅이 지주의 땅이어서 번지까지도 같았다.

달콤한 생활 속에 첫아들이 태어났다. 아이가 쑥쑥 클수록 신통하고 예뻤다. 하지만 식구가 늘면서 살림이 쪼들리기 시작했다. 남편의 월급은 시골집의 농사에 들어가는 비

용과 줄줄이 이어지는 제사 비용까지 열흘도 못 가 바닥이
났다. 궁핍한 생활 속에 둘째를 임신했다. 그 와중에 남편
은 갑자기 사표를 냈다. 내 농장을 시작하겠다는 것이었다.
전세로 농장을 구해놓았다는 말에 짐을 쌌다.

　퇴직금으로 암퇘지를 받아 안성의 '구수리'라는 마을 앞
드넓은 허허벌판에 딱 한 채 서 있는 오두막집으로 들어갔
다. 부엌문만 열면 돼지우리가 있는 집이었다. 텅 빈 들녘,
겨울에 몰아치는 바람이 집을 부숴버릴 것만 같았다. 사람
구경은 어림도 없었다. 세 살짜리 아들은 우체부가 다녀갈
때마다 '아저씨 놀다 가세요.'라고 외치며 오토바이를 쫓아
가는 아들, 달려봤자 세 살 배기가 얼마나 내달리랴. 날이
갈수록 내 가슴속의 울음보엔 차곡차곡 시고도 쓰라린 물
이 고여 갔다.

　하지만 나는 엄마였다. 철부지 엄마지만 아들 앞에서 눈
물만은 보이기 싫었다. 우리 부부에겐 꿈이 있기에 지금부
터 실습에 돌입했을 뿐이라며, 아들 손을 이끌고 들판을 향
해 '야호'를 외쳤다. 아들과 함께 내지른 소리에 새들이 날
아오르면 더 크게 웃고, 놀란 개구리들이 조용할 때면 같이
'쉿' 하며 시름을 달랬다. 구들장이 막혀 걸레가 꽁꽁 얼던
집, 집 앞으로 지나가는 농부만 보아도 커피를 들고 달려

나가던 그 외딴집에서 우리는 성공하지 못했다. 너무도 허술한 농장에서 돼지가 잘 클 수 없었다.

마음속에서 이상한 오기가 피어올랐다. 낙심하기보다는 패기 같은 것이 불끈 솟구쳤다. 남편과 함께 '그래! 다시 시작해보자. 우리에겐 아직 젊음이 있잖아.' 다짐하며 두 번째 이삿짐을 쌌다.

가정의 달에 시댁의 시골집 208번지로 들어왔다. 둘째인 딸아이를 낳고 5개월 만이다. 장롱도 들어가기 힘든 낮은 집에 이삿짐을 구겨 넣다시피 하는 모습을 본 친정 할머니와 엄마가 뒤꼍에서 우셨다. 할머니의 품에서 자고 할머니의 교육을 받고 자란 나는 그때부터 겉으로나마 많이 웃기 시작했다. 실없이 마냥 웃을 때도 있었다. 사실 어려운 환경에서 아이들이 건강하게 자라주는 것만으로 고마웠다.

남편은 선배가 운영하는 인근 농장에 취직했다. 구수리에서 살 때보다 편안했다. 예전 집보다 웃풍도 덜했다. 비록 나무를 때야 하는 구들장이지만 방바닥은 따끈했다. 고향에 정착한 이후 사 년여의 세월이 흘렀다. 마을 외곽에 농장 터를 마련했다. 아이들 돌 반지까지 팔고 농협에서 빚을 얻어 첫 축사를 짓기 시작했다.

첫눈이 휘날리는 12월의 어느 날, 콘크리트를 받아 첫

동을 짓기까지 동네 형님들과 남편의 친구가 물심양면으로
도와주었다. 기술이 부족한 것 외에는 남편이 손수 용접까
지 하며 완공했다. 암퇘지 열 마리, 수퇘지 한 마리가 들어
왔다. 바라만 보아도 모든 것을 다 얻은 것 같았다. 사료를
줄 때마다 장난치듯 한 줌씩 주기도 했다. 한 바가지의 물
을 떠서 통에 담아주면 쭉쭉 물먹는 소리가 얼마나 힘차던
지 대견했다.

첫 새끼는 한밤중에 낳기 시작했다. 돼지가 새끼를 낳는
건 처음 보았다. 사람이나 짐승이나 산고의 고통은 같았다.
긴 진통으로 후~후~ 내쉬는 한숨 소리에 지켜보는 나도
덩달아 힘이 주어졌다. 어미돼지 옆으로 다가가 배를 문질
러주며 힘내라고 하니 '국~국~국' 고개를 들었다가 내려놓
으며 힘을 주었다. 비릿한 냄새와 함께 첫 새끼를 받았다.
양수를 닦아주려니 자기 새끼 잘못될까 봐 눈동자를 굴리
는 모습에 어미 마음은 우리네와 똑같다는 걸 알았다. 그렇
게 해서 낳은 새끼 열 마리, 갓난 새끼들이 젖을 빨고 있는
모습을 보며 밖으로 나왔다. 가슴 뿌듯해 하늘을 향해 두
팔을 한껏 올렸다. 올려본 밤하늘에 무수히 많은 별이 금방
이라도 쏟아져 내릴 것만 같았다. 마치 나를 위해 잔치를
벌이는 것만 같은 보석. 꿈을 향해 한 발 한 발 나아가는

내 걸음을 비추는 영롱한 보석이었다.

새끼 받으며 사료 주고 돼지들 분뇨처리 하는 일들이 쉴 새 없이 이어졌다. 한 동을 짓고 나면 벌어서 또 한 동을 지었다. 숫자가 늘어나면서 화물차도 필요했다. 걀걀 대며 지나가는 화물차만 봐도 부러웠다. 큰 맘 먹고 중고차를 마련했다. 운송업자가 전 주인인 차는 12년을 달렸다는데도 끄떡없었다. 어느 차량보다 든든하고 믿음직했다.

그러던 어느 날, 돼지들이 이상하다며 남편의 안색이 좋지 않았다. 내가 보기에는 큰 탈 없어 보이는데 남편은 입맛까지 잃었다. 그리고 이틀 뒤부터 새끼들이 죽기 시작했다. 갓 태어난 새끼들까지 시름시름 앓다가 죽어 나갔다. 설사병이 돈 것이었다. 한 번 들이닥친 질병은 쉬 잡히지 않았다. 그 여파는 사료 값으로 이어졌고 고난의 연속일 수밖에 없었다.

머리를 짧게 깎았다. 군인 머리보다 조금 더 길게. 먹는 것부터 사소한 것까지 모두 아꼈다. 축산과를 전공했고 경험도 많은 남편이지만 해가 갈수록 질병이 강해진다며 수의사와 함께 질병 차단에 주력했다. 그리고 매일 질병에 관한 공부를 하고 일지를 썼다.

어느 날부터인지 내 몸이 처지기 시작하면서 생리가 매

일 비쳤다. 몸이 피곤해서 그러려니 하며 산부인과를 찾았다. 임신이라고 했다. 얼마 전 꾼 꿈이 떠올랐다. 어느 산속 맑은 계곡물에서 공룡을 닮은 동물이 놀고 있었는데 깜짝 놀라 깼었다. 희한한 꿈 생각이 떠오르면서 늦둥이를 갖게 된 것이 기뻤다.

배가 불러오자 집과 농장을 오가는 일이 버거웠다. 더구나 불을 때야 하는 부엌에서 일꾼들 수발드는 일이 힘들었다. 어느 날 남편의 후배가 천만 원이 든 통장을 들고 찾아왔다. 태어날 아기를 위해서라도 새집이 필요하며 농장 옆으로 가야 한다고 신신당부했다. 후배의 돈 8백만 원으로 20평의 작은 집을 마련했다. 그을음이 가득하던 부엌에서 새집으로 오니 잠이 오지 않았다.

아늑한 집에서 막내가 태어났다. 아장아장 걸음을 떼면서부터 아빠를 졸졸 따라다녔다. 조막만 한 것이 돼지우리를 수시로 들락거렸다. 막내는 그렇게 갓난아기 때부터 돈사에 드나들며 스스럼없이 돼지와 친해졌다.

새집에 새로운 번지가 있었지만 우체부를 비롯한 마을 분들까지 여전히 우리 집은 208번지로 알고 있었다. 그 작은 집에서 세 아이가 튼실하게 자랐고 다복다복 농장을 일궈나갔다. 마침내 집과 그리 멀지 않은 곳에 제2농장을 마련했다. 기존 농장은 비육사로 꾸미고 제2농장은 분만사로 지었다. 농장 규모가 커지자 직원도 두고, 큰 탈 없이 꾸려 나가게 되었다. 아이들 뒷바라지는 주로 어머님이 맡아주셨기에 이 모든 일이 가능했다.

그 무렵, 없는 시간을 쪼개 수필 창작 교실에서 등록하여 수필공부를 시작했다. 글쓰기가 뭔지도 모르고 시작하고 보니 정규 과정의 공부가 더하고 싶어졌다. 수험생이던 큰 아이에겐 미안한 일이었지만, 솟구치기 시작하는 향학열을 잠재울 수 없었다. 남편은 나를 데리고 인근에 있는 대학을 찾아 문창과에 입학시켜 주었다. 네 명의 학비를 부담하며 혼자서 농장 일과 들일하는 남편에게 고맙고 정말 많이 미안했다.

온 식구가 다 바빴다. 모든 일을 책임 진 남편, 공부하는 아이들, 일과 번갈아가며 늦공부를 시작한 나. 그런 속에서도 비육 농장을 하나 더 늘릴 정도로 농장 일은 순조로웠다. 제법 농장의 면모를 갖춰가고 돼지들이 아무 탈 없이 잘 커 주는 것 같아 막 자신감이 생길 때 즈음이었다.

2011년, 복병이 찾아들었다. 구제역! 말로만 들었지 우리나라 누구도 본 직이 있는 질병이었다. 나라가 혼돈에 빠질 만큼 도로와 마을 진입로를 통과하는 모든 차량은 소독

과정을 거쳐야 했다. 조바심 속에 자체소독을 열심히 했지만 어떻게 날짐승과 들짐승을 막을 수 있었겠는가. 세계적인 질병 앞에 우리 농장도 무릎을 꿇었다. 돼지를 매몰할 수밖에 없었다. 마을 어귀를 에돌며 치솟던 돼지들의 절규, 죄책감에 밤잠을 설치던 숱한 날을 끊임없는 악몽에 시달렸다. 돼지들을 매몰한 후, 직원들 봉급 주고 나니 손에 쥔 것이 없었다. 그때 우리 아이들의 합심이 우리를 다시 일으켰고 새로운 각오로 다시 일어설 수 있었다.

대학교에 다니던 두 아이는 아르바이트를 하여 막내의 학비를 대겠으니 걱정 말라고 했다. 고등학교 1학년이던 막내는 수업시간 내내 사업계획서를 작성했다며 가지고 왔다. 엄마가 제일 잘하는 것은 술빵을 만드는 거란다. 인부들 참거리로 늘 술빵을 쪄낸 것을 생각해낸 것이다. 화물차는 있으니 됐고 찜 솥을 구매하라며 통장을 내미는 순간, 아! 세상 모든 기쁨을 다 얻은 것 같았다. 까맣게 잊고 있던 정기적금이 없었다면 아마 지금쯤 찐빵 장사를 하고 있을지도 모른다.

그 정기적금 덕에 우리는 다시 시작했다.

한 길만 걸어왔는데도 순탄치만은 않았다. 누구나 각자의 삶을 들여다보면 역경을 이겨 내지 않은 사람이 어디 있을까마는, 한 길을 걷다 보니 돼지 숫자가 4천 두에 이르렀다.

　대부분 부모는 자기의 직업만큼은 자식에게 물려주지 않으려 한다. 우리는 아들 중 누군가는 후계자가 되길 기대했다. 그런데 수능을 치른 막내가 갑자기 축산과를 지원하겠다고 했다. 여덟 살 터울의 제 형이 심하게 반대를 했다. 서울에 있는 대학교의 기계과와 자동차과에 합격해 놓고도 축산과를 선택하려는 막내를 이해할 수가 없다며 화를 냈다. 앞으로 축산업이 불투명하다며 막내의 뜻을 꺾으려고 어르고 달랬다. 막내를 업어주고 형으로서 아는 것을 아우에게 가르치던 큰아이다. 때로 매까지 들 만큼 역할을 한 큰아이 앞에서 우리 부부는 아무 말도 할 수가 없었다.

　제 형의 심한 반대를 뿌리치고 막내는 축산과에 입학했다. 부모 관점에서 내심 든든했다. 우리가 젊었을 때 꿈꾸었던 활력이 다시 솟구치는 것만 같았다.

　민간신앙에서 돼지는 복의 상징인 동물로 귀하게 여긴다. 사람들은 돼지꿈을 꾸면 복권을 산다. 고사를 지낼 때도 돼지머리에 절을 한다. 그만큼 복을 주는 돼지, 축산과를 진학하는 막내의 학비를 내면서 복중의 복이 들어오는 것 같았다. 그러면서 내부 시설을 보완하고 돈분장을 고치

자는 등등 미래형 설비를 갖춘 돼지농장으로의 발전해 나
갔다. 막내가 이 길에 들지 않았다면 더는 투자할 엄두를
못 냈을 것이다.

이제 막내가 이 길에 들지 않았는가. 투자도 아깝지 않고
평생 닦은 기술, 긴 세월의 경험 등등의 자산을 막내에게
물려줄 수 있어서 우리는 기뻤다. 그 즈음 비육 농장 한 곳
을 더 늘릴 만큼 순조롭게 착착 진행되었다.

막내는 대학에서 짬짬이 장학생으로 선발돼 해외로 농장
견학을 다녀왔다. 국내의 굵직한 농장에서도 견학하며 견
문을 넓혀갔다.

막내가 마지막 해외연수를 떠났을 때의 일이다. 해외에
도착하자마자 뒤로 넘어져 허리를 다치는 변고가 생겼다.
앉을 수도 걸을 수도 없이 고통을 겪는 나날이 이어졌다.
아파죽겠다고 소리치는 녀석이 여자친구만 옆에 있으면 앓
은 소리는커녕 마냥 싱글벙글했다. 우리로서는 마음이 놓
였다. 잃는 게 있으면 얻는 게 있다고 했던가. 둘의 사이는
더 깊어지는 것 같았다.

돼지농장을 잘 경영해 보겠다는 꿈을 가진 막내는 마침
내 영농후계자로 선정되었다. 아직 어린 부부지만 막내 내
외는 새벽부터 농장 일에 앞장선다. 며느리는 농장에서 돼

지들과 함께 있으면 활력이 넘치고 기분이 좋다니 천생 나를 이은 돼지엄마다.

남편과 나는 최고의 양돈농장이라는 꿈을 향해 긴 세월 걸어왔다. 비록 오밀조밀하게 농장을 일궈왔지만, 경험과 기술만큼은 국내에서 열 손가락 안에 든다고 자부한다. 몇 해 전부터는 미래형 농장을 가꾸기 위해 환경 정화에 필요한 설비를 보완하고 있는데, 기존시설하고는 맞지 않아 현실적으로 어려움도 있다. 독일과 네덜란드 등의 선진 축산업을 쫓아가려면 많은 투자와 노력을 기울여야 하는데 만만하지가 않다.

막내가 본격적으로 농장에서 일하면서 가끔 두 부자가 티격태격한다. 앞을 생각해 과감히 투자하자는 신세대와 돌다리도 두들겨야 한다는 구세대 간의 충돌이다. 해외연수와 신식 공부를 한 막내, 수많은 시행착오를 겪으면서 쌓은 노하우가 풍부한 아버지와의 공방이 치열할 때면 나와 막내며느리는 그저 웃기만 한다. 둘 다 고집이 세고 목표를 정하면 밀고 나가는 성격이니 끼어들 수가 없다. 부자지간의 그 충돌이 나는 보기 좋다. 우리는 비빌 언덕도 없이 어렵게 일궈 여기까지 왔다. 아들 내외가 지금처럼만 열심히 돼지농장을 이끌어 간다면 이제껏 터득한 경험과 기술을 몽땅 쏟아 부어 줄 것이다. 부모가 꿈을 향해 무한한 노력을 기울여 왔듯, 막내는 이웃에게 피해를 최소한으로 줄이며 또 다른 선진 축산의 기술로 힘찬 날갯짓을 펼칠 것이다. 물론 우리도 뒤에서 힘닿는 데까지 팍팍 밀어줄 것이다.

"막내야! 며늘아! 열심히, 힘껏 날개를 펴고 신명 나게 날아보렴. 엄마·아빠가 무한 응원을 해 줄 터이니….”

환갑여행

남편의 중학교 동창생 부부 몇 팀과 함께 환갑여행을 떠
났다. 황금돼지 해의 뉴질랜드 여행을 위해 5년 동안 적금
을 들어온 터였다.

뉴질랜드의 남섬은 그야말로 청량하기 이를 데 없다. 옛
날 우리의 초가을처럼 투명한 햇살에 포근한 날씨다. 호텔
로 이동하던 중 길게 줄지어 선 나무에 시선이 멈춘다. 나
도 모르게 '미루나무다'라는 소리가 절로 터졌다. 그 소리
에 뒤돌아보던 가이드가 잠시 휴게소에 들르겠다고 한다.

미루나무가 길게 늘어선 길을 따라 걷는다. 길쭉길쭉한
미루나무, 푸르른 잎이 팔랑이는 사이사이로 보석 같은 햇
살이 반짝인다. 그 옛날 초등학교를 오가던 신작로에 서 있
는 것만 같아 이리저리 사진 찍기에 바쁘다. 그런데 한 나

무 아래에서 넓은 수건을 머리에 두르고 쉬는 아주머니가 보인다. 덩치가 작은 동양인이다. 오래전, 미루나무 옆에서 졸던 엄마가 생각나 콧등이 시큰하다.

할머니와 엄마가 허기진 배를 물로 채워가며 처음 장만한 밭이 국민학교 근처에 있었다. 학교를 오갈 때면 미루나무가 길게 줄지어 선 길옆의 우리 밭을 반드시 지나야만 했다.

엄마는 행길밭이 금싸라기 땅이라며 바라만 보아도 배부르다고 하셨다. 엄마가 첫새벽부터 밤이 이슥하도록 밭에서 사신 반면, 나는 어떡하든 그 밭을 피해 가려고 애썼다. 엄마 눈에 띄면 보리도 베야 하고 고추도, 목화솜도 따야 했기 때문이다.

보리를 다 베어내고 나서 보릿단을 집으로 끌어들일 때였다. 책보를 허리춤에 둘러메고 단짝 재원이와 함께 집으로 가던 길에 밭을 둘레둘레 훑어보았다. 밭고랑에는 보릿단만 줄지어 서 있을 뿐 아무도 없었다.

친구들과 함께 놀 생각에 신이 났다. 폴짝폴짝 걸으며 막 모퉁이를 돌려는 찰나였다. 미루나무 옆에 보릿단을 가득 실은 우리 집 리어카가 보였고, 엄마가 미루나무에 기댄 채 곤하게 자고 계셨다.

재원이와 나는 도둑고양이처럼 살금살금 걸으며 엄마를 지나쳤다. 그런데 내차 내리막길을 바삐 걸어 마을로 접어 드는 논둑으로 들어설 때쯤이었다.

신바람이 어느새 걱정으로 변했다. 엄마가 리어카를 끌고 비탈길을 내려올 텐데… 가득 실은 보릿단으로 인해 리어카 손잡이가 벌떡 들린다면 큰일이었다. 나 역시 콩대와 소꼴을 싣고 내려오다가 몇 번씩 손잡이가 벌떡 들린 적이 있지 않았던가에 생각이 미친 것이다.

오던 길을 되돌아서 마구 달렸다. 재원이도 나를 따라 뛰었다. 우리가 모퉁이를 돌았는데 저만치서 리어카를 끌고 내리막길로 내려오는 엄마 모습이 보였다.

나는 멈추라며 소리소리 지르며 엄마를 향해 달렸다. 재원이도 함께 소리를 쳤는데 그 순간, 리어카 손잡이가 냅다 위로 솟구쳤다. 엄마의 팔도 함께 따라 올라갔다. 그때 엄마의 턱이 다치지 않은 것이 다행이었다.

까맣게 잊었던 엄마 모습이 뉴질랜드의 미루나무 이파리 사이로 반짝이는 햇살처럼 떠올랐다.

천혜 자원의 나라 뉴질랜드를 찾은 동창생의 부모들 역시 그 시절의 고달픈 삶을 이겨내며 자식늘을 키우셨다. 그런데 왜 울 엄마만 지금 우리 나이 환갑도 전에 돌아가셨단

말인가. 비행기만 타면 이 나라, 저 나라를 마음껏 여행할
수 있는 이 좋은 세상에 엄마는 고생만 하다가 떠나셨다.

어릴 적부터 가난의 울타리에서 복닥복닥 살아온 친구들
이 휴게소의 과일가게 앞에서 가격을 흥정하고 있다. 농부
들이니 과일의 맛과 가격에 관심이 깊을 수밖에. 붉은 체리
두 상자 값을 지불하고 너무 값이 싸다며 한숨을 쉰다. 이
나라도 농부가 힘든 건 마찬가지인 것 같다며 한마디씩 한
다. 지구촌 시대에 같은 어려움을 겪는 농부로서 동병상련
의 마음이 왜 아니 들겠는가.

친구들이 환갑여행을 오기까지는 무수한 역경을 딛고 일
어선 과정이 있다. 장마에 하우스가 몽땅 쓸려가 한 푼도
건지지 못했을 때의 절망, 수박 값이 곤두박질칠 때의 아
픔, 화재로 큰 손해를 입은 친구, 특히 구제역으로 생목숨
을 매몰했을 때 눈물과 미안함으로 밤새 악몽에 시달린 축
산업을 하는 세 친구…. 돌아보니 순탄하게 살아온 친구가
없다. 그 많은 고비를 넘기며 뉴질랜드까지 여행 온 장한
친구들이다.

미루나무 꼭대기를 바라본다. 파란 하늘과 잎이 맞닿아
있는 듯하다. 그 아래에서 활짝 웃는 친구들을 바라보니 너
무나도 자랑스럽다. 이제부터는 허리띠 졸라매지 않아도

되는 동창생들. 착한 끝의 미소가 백만장자 부럽지 않은 친구들이다.

미루나무 이파리가 하늘거리며 환갑여행 온 우리에게 말하는 것만 같다. 잘 살아왔노라고, 좋은 일만 있으라고.

옥골마을의 대동계

　겨울 들어 아침 일찍 일어나는 것이 어렵다. 알람은 연신 울어대지만 눈이 떠지질 않아 뭉그적대고만 있다. 회관에 빨리 가보라는 남편의 말에 정신이 번쩍 든다.

　우리 마을은 12월 마지막 주 토요일에 대동계를 연다. 일찍 가겠다고 큰소리 쳤는데 늦고 말았다. 부랴부랴 마을 회관에 당도하니 언니들과 어른들이 여러 가지 음식을 하고 있다.

　나 어렸을 적에도 우리 마을 아낙들은 손발이 척척 맞고 입담이 셌다. 마을에 큰일이 있을 때마다 서로 팔 걷어붙이며 일손을 거들었다. 그뿐만이 아니다. 농사도 잘 지어야 직성이 풀렸다. 관내 체육대회 때도 다른 마을에 지는 일이 있어서는 안 된다. 음식 솜씨도 좋아 회갑 잔치와 결혼식뿐만 아니라 초상까지도 집에서 거뜬히 치러냈다. 그 저력을 잘 이어온 덕분인지 요즈음도 음식 솜씨와 일 맵시는 다른 동네보다 월등히 좋다.

왁자지껄 화기애애한 가운데 음식이 마련되고 한쪽에서는 삶은 고기를 써느라 분주하다. 마을 어귀에 있는 몇몇 공장에서 보내온 과일까지 차려놓으니 상다리가 휘어질 정도로 진수성찬이다.

어느 정도 음식준비가 끝나갈 무렵 이장님의 주관으로 마을총회가 열렸다. 한 해 동안의 마을 소식과 수입·지출 내용 보고를 끝으로 다 함께 식사를 한다. 92세의 고령이신 옥란이 아버지를 비롯해 7·80대가 대부분인 어른들이 음식을 맛나게 드신다. 상어른들에 비하면 60대는 애들 축에 속한다. 설거지가 수북하다.

갑자기 노인회장님 목소리가 높아지면서 65세 이상인 언니들을 향해 묻는다. 노인정에는 언제 입소할 것이냐는 거다. 그런데 언니들이 고개를 푹 숙이며 대꾸가 없다. 부산스럽게 설거지하는 척 딴청을 피운다. 이에 질세라 어른들이 합세하여 재차 큰소리로 또 묻는다. 젊은이가 있어야 노인정이 활기를 찾을 것 같단다. 그제야 언니들은 손사래를 치며 70이 되면 정식으로 들어가겠노라고 둘러댄다. 어른들이 대한민국의 노인 정년은 65세라며 한 목소리를 낸다.

60대의 언니들을 바라보니 청춘이다. 농사일이 없는 농한기라 얼굴에 옅은 화장까지 하니 더 젊고 곱다. 이 언니들이 있어 때마다 상노인들은 대접을 받는다. 50대의 내 또래는 세 명에 불과하니 더 이상 젊은 새댁이 없다. 농사지을 젊은이가 없다는 얘기도 된다. 이러다가는 머지않아 수입농산물이 우리 밥상을 차지하게 되지 않을까 염려스럽다.

왁자하던 대동계가 끝나고 집으로 돌아오는 길에 생각이 많아진다. 우리 마을은 언니들이 있어 손발이 척척 맞는다. 몇몇 이웃 마을은 음식할 만한 부녀자들이 없어 식당에서 대동계를 한다. 하지만 우리 마을도 언니들이 기운 달릴 때쯤에는 식당으로 가야 할지도 모를 일이다. 지금 50대인 두세 명이 60대가 될 때쯤에도 우리 동네 부녀회에 젊은 일꾼이 있을까. 과연 지금처럼 동네 큰 잔치를 거뜬히 치러낼 수 있을까?

농촌 경제가 지금처럼 어렵다면 앞으로 젊은이가 와서 살기는 더 어려울 것이다. 농촌이 살기 좋은 곳으로 바뀔 수 있다는 기미가 살짝만 보여도 젊은이들이 많이 찾지 않을까.

새해에는 우리 마을에 젊은 사람들이 이사를 많이 왔으면 좋겠다. 그래서 연말 대동계 때는 새 식구를 맞이하는 기쁨을 누릴 수 있기를 소망해 본다.

수수부꾸미

    며칠 전, 이웃 형님이 수수 한 자루를 짊어지고 오셨다. 값으로도 만만치 않지만 손수 농사지은 곡물이라 더 귀하게 받았다. 형님은 초여름 무더위에서 가녀린 수수 모종을 심느라 구슬땀을 많이 흘렸다.

    해마다 몇몇 이웃 형님들은 수수 농사를 짓는다. 혈당조절과 항암효과가 있어 꾸준히 찾는 이도 있지만, 수수로 차를 만들어 마시는 이들이 는다고 한다. 무엇보다 다른 밭작물에 비하여 손이 덜 가고 소득이 높단다.

    유록색의 수수꽃은 피는 듯 마는 듯 진다. 9월 중순쯤 씨알이 통통하게 여물어 가는 그때부터는 날짐승으로부터 알곡을 지켜야 한다. 허리춤에 매단 양파 자루를 씌우는 동안 잎사귀가 형님들 목덜미를 할퀸 자국이 선명했다. 그 고생을 하여 얻은 실한 알곡을 껍데기까지 벗겨서 주니 황송할 뿐이다.

수수를 마주하니 부꾸미 생각이 나서 서너 됫박을 함지박에 불렸다. 수수는 쌀과 달리 불리는 시간이 오래 걸린다. 방앗간의 주인은 찰수수라 맛이 좋고 부꾸미를 만들면 감칠맛이 날 거라 했다. 부랴부랴 팥을 삶아 소를 만들었다. 반죽을 납작하게 만들어 달궈진 팬에 올렸다. 자른 무로 자분자분 눌러가며 그 위에 소를 넣고 살며시 눌러주니 군침이 돈다.

아이들이 어렸을 때는 주전부리 삼아 부꾸미를 자주 만들어주었다. 농장에서 일하는 분들까지 생각해 넉넉히 만들곤 했다. 어느 해부턴가 꾀가 나기 시작하더니 아예 엄두가 나질 않았다. 가끔 식구들이 부꾸미가 먹고 싶다고 할 때나 인부들의 참을 준비할 때면, 분잡하게 직접 만들기보단 오일장으로 달려갔다.

부지런하지 않아도 된 데는 다 믿고 먹을 수 있는 곳이 있어서다. 진천의 전통 오일장이다. 닷새마다 서는 시장 중앙쯤 젊은 부부가 부꾸미와 메밀전병을 파는 이동식 매장이 있다. 준비해온 재료로 화물칸에 앉아서 만든다.

때때로 공휴일과 겹치는 장날이면 난감할 때가 있다. 우리네보다 외국인 근로자가 훨씬 많아서다. 쉬는 날과 무관한 농부가 단골손님들 틈에 끼어 긴 줄을 서는 것이 괜스레 미안하다. 어쩌다 잰걸음을 한 덕에 앞줄에 서서 기다리는 날은 마음이 편치 않아 자꾸만 뒤를 돌아다본다. 줄이 점점 길어지면 슬쩍 주인에게 다가가 재료가 얼마나 남았는지를 묻는다. 수수 반죽은 그날그날 쓸 만큼씩만 준비해온다는 걸 안다. 식혜보다 더 빨리 상할 뿐 아니라 조금만 더워도 척척 늘어진다. 반죽이 부족하다고 하면 다음 장날 다시 오겠다는 말을 남기고 돌아선다.

어느 나라마다 시장을 가보면 그 나라, 그 지역의 문화를 알 수 있다. 왁자한 시장에서는 너그러운 눈빛이 오가고 얹어지는 덤에서는 고향의 향수를 느낀다. 진천에서 특별히 먹을 수 있는 음식을 꼽으라면 당연히 수수부꾸미다. 수수의 역사를 찾아보면 기원전 3천 년 전부터 이집트에서 재배했다고 한다. 수 세기 동안 이루어진 물물교환을 통해 종자가 퍼지고 재배하는 나라도 많아졌을 것이다. 아직도 식량이 부족한 나라에서는 수수로 죽을 쒀서 끼니를 때우는 곳도 많다. 아프리카에서도 잘 자란다니 주식으로 식탁에 오르지 않았을까 싶다. 우리 조상들도 먹을 것이 부족할 때 수수로 허기진 배를 채우고는 했다. 진천 오일장의 수수부꾸미는 내 고장에서 난 수수로 직접 만든다는 의미까지 더해져 더 깊은 맛을 느끼게 된다.

오늘 만든 부꾸미 중 절반은 냉동보관할 참이다. 아이들이 오면 데워서 꾸덕꾸덕할 즈음 내놓으면 알싸하면서도 담백한 수수 특유의 맛을 볼 수 있으리라. 수수부꾸미와 함께 '우리 집에는 먹을 게 그렇게도 없느냐'며 타박하던 옛 추억까지 꺼내 놓을 것이다.

오일장 풍경

16개월에 접어든 손자가 탄 유모차를 밀며 오일장으로 들어선다. 신이 난 손자는 지나가는 사람들을 향해 손 흔들기 바쁘다. 음악이 흐르는 가게 앞을 지나칠 때면 양손을 치켜들며 장단을 맞춘다.

닷새마다 돌아오는 진천 오일장은 장꾼이 많이 몰린다. 두 해 전, 진천군에서는 더 많은 사람이 시골 장터를 이용할 수 있게 새로운 터전으로 이사를 했다. 예전의 오일장은 옛 정취를 느낄 수 있어 좋았던 반면 너무 비좁았다.

한동안 새 장터를 찾을 때마다 시장 분위기가 느껴지지 않아 서먹서먹했다. ㅂ자 형태의 새 시장에 정이 드는 것도 시간이 필요한가 보다. 좌판이 즐비하게 펼쳐진 곳으로 들어선다. 채소 장수, 생선 장수, 만물상을 지나 두부 가게 앞에 당도하니 외국인들까지 줄을 서 있다. 시장에서 인기가 제일 좋은 즉석 두부 가게는 항상 붐빈다. 누구나 두부, 비지, 콩나물은 즐겨 먹는가 보다. 성급한 할머니들은 먼저 달라며 목청을 높인다. 소란스러움 속에서 활력을 얻어 가는 곳이 시장만의 독특한 매력이리라.

시장 골목을 오가다 보면 친인척을 비롯하여 사돈에 팔촌까지 만나게 된다. 요즘같이 농번기 때는 한마을에 살면서도 이웃을 만나기 어렵다. 시장통로 요기조기에서 서로 손 마주 잡고 안부를 묻는다. 누군가 내 등을 톡톡 친다. 돌아보니 먼 친척 아저씨다. 나도 덥석 손을 맞잡았다. 오랜만에 뵈니 반가우면서도 굽은 등과 허연 머리카락이 안타까움을 자아낸다.

오늘같이 공휴일이 겹친 장날은 외국인 근로자들이 많이 찾는다. 진천 근교에는 혁신도시가 들어섰다. 대규모 산업단지가 많다 보니 쉬는 날이면 내국인보다 외국인들끼리 만나 입가에 함박웃음을 띠며 이 좌판 저 좌판을 들여다본다.

지나가던 베트남 여성 두 명이 활짝 웃으며 손자를 바라본다. 이내 쪼그려 앉는다. "예뻐요, 귀여워요, 우리 아늘하고 같아요." 한다. 나이가 어려 보이는 베트남 여성은 인형처럼 예쁘장하다. 친정엄마에게 아들을 맡기고 돈 벌러 왔다는 그녀의 눈시울이 발갛다. 매일 동영상으로 만난다는 아들이지만 직접 안아 보지 못하는 모정이 오죽 안타까울까. 여인의 맘을 달래주려는 듯 손자는 그녀의 볼에 뽀뽀를 한다.

내국인이나 외국인이나 전통시장을 찾는 이유는 비슷한 것 같다. 어깨와 어깨가 부딪쳐도 허물이 없어 좋다. 여러 가지 채소와 물품이 흐트러진 듯 진열돼 있는 널조각 앞에서, 덤을 얹으려는 손님과 남는 게 없다는 상인과의 흥정도 정답다. 딱딱 끊어지는 계산보다 입씨름 속에 고만고만하게 부대끼며 살아가는 현장이 구수해 찾는가보다. 높고 낮음을 떠나 다양한 사람들 틈 속에서 활력을 느끼는 곳이 전통시장만의 매력이지 싶다.

이곳저곳 좌판을 기웃거리며 한 바퀴 돌다 보니 저 멀리 손자와 마주하던 베트남 여성의 양손에는 검은 봉지가 묵직이 들려있다. 고향의 맛과는 다르겠지만 나름대로 푸짐한 식탁이 차려질 것 같다.

손자가 배가 고픈지 먹을 것을 가리킨다. 우윳병을 손에 들려주니 고개를 저으며 울상이다. 급한 마음에 국숫집으로 향했다. 식당 안은 손님들로 꽉 차 있는 데다 비좁아 유모차가 들어갈 수 없다. 손자는 국수를 먹는 사람들을 가리키며 '저거저거' 한다. 눈치 빠른 주인아주머니가 밖에 펼쳐진 탁자에 국수 한 그릇을 말아준다. 뜨거운 국수를 식히느라 바쁜 할머니는 안중에도 없고, 손자의 입은 제비 새끼처럼 '아~아' 벌리기 바쁘다. 이놈도 제 할아버지 식성을 닮았나 보다. 입을 닦아 주고 나니 내 배가 더 부르다.

집으로 돌아오는 길에 노래를 불러 주었다. 신나게 손뼉을 치던 손자가 갑자기 한쪽으로 기운다. 그새 코를 곤다. 저도 시장 구경 하느라 지쳤나 보다. 코 고는 장단에 맞춰 유모차를 바삐 민다.

맹동집 통닭

이따금 통닭이 먹고 싶다. 특히 한겨울이면 자주 찾는데 막상 기름진 통닭을 먹다 보면 겨우 두세 쪽이다.

닭띠 해의 마지막 달력에는 남편의 모임 장소가 빼곡히 적혀있다. 나이가 많아질수록 소식이 뜸하던 친구들까지 모이게 되어 저녁마다 외식이다. 상을 차리지 않아 좋은데, 오밤중이 되면 슬슬 내 배가 출출한 게 문제다.

동지를 며칠 앞둔 오늘도 저녁 뉴스를 보는 중에 입이 궁금하다. 첫아이 임신할 때 먹었던 통닭 맛이 무척이나 그립다. 인근 통닭집에 전화하니 함박눈이 내려 배달이 어렵단다. 급히 창문을 연다. 가로등 불빛 아래 쏟아지는 눈송이가 주먹만큼 크다. 골목 어귀에서 오토바이 소리가 아스라이 들려오는 듯하다. 헬멧을 쓴 아저씨가 대문 앞에서 밀가루 포장지에 둘둘 말은 통닭 한 마리를 건네줄 것만 같다.

동짓날 결혼을 한 후 바로 첫아이가 들어섰다. 입덧은 하지 않고 나날이 먹고 싶은 것만 늘었다. 어머님은 임산부가 가려야 할 음식을 엄밀히 일러주셨다. 거기에는 뼈가 억세고 헤집는 습성이 있는 닭이 포함되어 있다. 하지만 태아에 좋지 않다는 통닭은 왜 그리 먹고 싶던지.

하루는 통닭이 너무도 먹고 싶었다. 면 소재지에 있는 통닭집은 거리가 멀어 배달을 꺼렸다. 더구나 시간도 자정이 다 되어 갔다. 통닭 한 마리만 먹었으면 소원이 없을 것 같았다.

이튿날, 겨울 저녁은 금세 찾아 들었다. 이른 저녁밥을 드신 어머님이 약장사 구경을 가신다고 했다. 내 마음이 급해졌다. 어머님의 발걸음이 뒤란을 벗어나자마자 맹동집으로 전화를 걸었다. 아저씨는 거리도 있고 밤길이라 어렵다고 했다. 그 순간, 나는 울컥 목이 메어 수화기를 내려놓지 못했다. 애절함이 전해진 걸까. 아저씨가 누구네 집이냐고 다시 물었다.

긴 시간이 흐르고 오토바이 소리가 들려왔다. 황급히 문고리를 밀어젖히는 순간, 가슴이 칠링 내려앉았다. 함박꽃 같은 눈송이가 어찌나 휘날리는지 기겁을 했다. 어려서부터 아저씨라 부르긴 했어도 손자가 있는 할아버지다. 그런 분이 함박눈을 맞으며 오토바이를 타고 오셨다. 생닭을 직접 잡아 손질하고 튀기는 사이 함박눈이 내릴 줄이야. 비틀비틀 미끄럼 타듯 내려가는 아저씨께 조심조심 가시라는 말만 되풀이했다.

통닭을 들고 부엌으로 갔다. 방에서 통닭을 먹게 되면 냄새가 밸 것이고 어머님께 꾸지람을 들을 것만 같아서다. 아궁이의 불씨를 고랫당그래로 끌어내니 부엌에 훈기가 돌았다. 5촉짜리 전등 아래 아궁이 앞에 앉아서 밀가루 포장지를 펼쳤다. 통째로 튀긴 통닭에 똥집과 발목까지, 한 마리를 순식간에 먹어 치웠다. 세상에서 제일 맛있는 통닭이었다.

이후 아저씨를 만나 그때는 너무 고마웠다고 하자 꼭 임신한 것 같더란다. 뱃속에서부터 아저씨가 튀겨준 통닭 맛을 본 큰아이는 맹동집 통닭을 최고로 친다.

큰아이가 고등학교에 다닐 때다. 하루는 밀가루 포장지에 쌓인 맹동집 통닭이 먹고 싶다는 연락이 왔다. 똥집과 발목도 꼭 있어야 한다는 말을 곁들였다. 그 무렵 닭집에서 생닭을 잡는 것이 금지되었고 아저씨도 힘이 들어 닭튀김 일을 접으려는 시기였다.

맹동집으로 내처 달려가 부탁을 했다. 아저씨는 너털웃음을 지으며 통닭을 튀겨주셨다. 아이는 포장지를 펼치자마자 똥집부터 단숨에 먹어 치웠다. 그때를 마지막으로 더는 맹동집 통닭 맛을 볼 수 없게 되었는데 아저씨가 돌아가신 것이다. 지금은 그의 큰아들이 '맹동집 칼국수'를 운영하고 있다.

겨울로 접어들었다. 동지를 앞둔 긴 겨울밤, 아저씨의 너그러움과 통닭 맛을 떠올려본다. 그리움이 눈송이처럼 쏟아지는 밤이다.

4

바
지
랑
대

시장 골목을 오가다 보면
친인척을 비롯하여 사돈에 팔촌까지 만나게 된다.
요즘같이 농번기 때는
한마을에 살면서도 이웃을 만나기 어렵다.
시장통로 요기조기에서
서로 손 마주 잡고 안부를 묻는다.
누군가 내 등을 톡톡 친다. 돌아보니 먼 친척 아저씨다.
나도 덥석 손을 맞잡았다.
오랜만에 뵈니 반가우면서도 굽은 등과
허연 머리카락이 안타까움을 자아낸다.
−본문 중에서

마음의 소리

소박한 카페를 마련했다. 중년 여인 넷이 숲속 나무 그늘에 돗자리를 폈다. 일일 카페에 앉아 커피믹스를 마시니 소소한 바람도 함께 한다. 주위에 자잘하게 피어난 꽃도, 두리둥실 떠다니는 흰 구름도 싱그럽다.

오늘은 우암산자락에 자리한 3·1공원에서 충북여성백일장이 열리는 날이다. 수필 공부를 함께 하는 몇몇이 경험삼아 백일장 참가 차 숲을 찾았다. '빈 의자'와 '마음의 소리'라는 주제가 펼쳐지자 잠시 골똘하던 문우들이 집필에 들어간다.

'마음의 소리'라는 제목을 보는 순간 자식의 스승부터 떠올랐다. 지난날 아이늘의 성장기를 뇌싶어 보낸 스승의 인덕이 크다. 공부를 잘한 것은 아니지만 올바른 길을 찾아갈

수 있도록 성격을 바로 잡아 주신 분, 시인이신 선생님과
또 다른 선생님이 서예 및 글쓰기를 지도해 주셨다.

어려서부터 큰아이는 유달리 활발했다. 그러면서도 사내
라는 이유로 할머니의 각별한 사랑을 받으며 자랐다. 반면
딸아이는 여자라는 이유로 할머니 손길에서 밀려났는데도
성격이 조용하여 말썽 한번 피우지 않았다. 말이 없던 딸아
이의 마음을 알게 된 것은 초등학교 담임선생님의 연락을
받고서다.

큰아이의 6학년 때 담임선생이 그다음 해에 5학년이 되
는 딸아이의 담임을 맡으셨다. 스승의 날이 지나고, 그날도
오늘처럼 나뭇잎은 여림에서 짙음으로 물들어가며 오월을
푸르게 가꾸고 있었다. 봄바람에 살랑이는 이파리와 새소
리를 들으며 마늘밭에서 마늘종을 뽑았다. 실하게 뽑은 마
늘종을 포대에 담아 오토바이에 싣고 마당으로 들어서자마
자 선생님의 전화를 받았다. 짐은 풀지도 못한 채 학교로
내달렸다.

선생님은 늘 고개만 숙이고 있는 딸아이가 제 오빠랑은
너무 비교되어 지켜보았다고 했다. 넉 달 동안 말이 없자
상담에 들어갔는데, 딸이 의기소침한 것은 관심과 사랑이
부족한 때문인 것 같다고 했다. 뒷골이 당겼다. 사는 게 바

빠 딸에게는 무심했던 어미는 바보였다. 운동장을 지나 오토바이에 올라타기까지 허공을 내딛는 것 같았다. 집으로 돌아오던 중 길가에 오토바이를 세웠다. 그리고 뒤에 실린 마늘쫑을 냅다 둔덕 아래로 내던져버렸다. 자식의 마음조차 읽어내지 못하면서 먹을거리에 매달리는 내 자신이 너무도 밉고 한심했다.

그날 이후, 혼자 있을 때 거울 앞에 앉아 환하게 웃는 연습을 하며 나에게 먼저 따뜻한 말을 했다. 내 마음부터 사랑을 채워 주는 연습이었다. 반찬 한 가지를 더 챙겨주는 것보다 관심과 사랑을 기울이려 애썼다. 딸의 내면 깊은 곳 마음의 소리를 듣기 위해 다가갔다.

그렇게 시간이 지나면서 딸의 성격이 밝아지기 시작했다. 서예에 적극적이었고 선생님의 칭찬까지 받다 보니 싫다거나 혹은 좋다는 표현을 분명히 밝혔다.

사람은 어떤 스승을 만나느냐에 따라 인성이 달라질 수 있다. 선생이 제자를 희롱하고, 제자가 스승을 우습게 보는 시대에 참스승은 드물다. 참스승을 만난 덕에 곧게 성장한 아이들은 '우암산'의 짙푸른 숲처럼 자신의 역할을 다하고 있다. 나 역시 느릿느릿 글쓰기의 길을 가고 있는 것은 스승을 만났기 때문이다. 또한 함께하는 문우들이 있기에 포기하지 않고 이 길을 잘 가는 중이라고 믿는다.

아들의 담임이셨던 ㄷ선생의 저서에 이런 내용이 있다.

"이 시대의 교사로서 실패를 똑바로 응시하며 허무를 이길 것이며, 마지막 한 번을 더 용서하며 이해하고 기다려주어야 한다."

한창 자라는 청소년을 바르게 인도하는 것은 두렵고도 무거운 일이다. 그때 딸아이의 스승님은 막중한 책임감과 함께 아이들을 향한 애정이 있었기에 내 딸아이의 속내도 읽어내지 않았을까. 드러내지 않는 마음의 소리를 읽어내는 것, 생업에 허덕이는 어미에게 이보다 더 급하고 중요한 일이 없음을 깨닫게 해 주신 분. 세월이 한참 흘렀지만 나는 지금도 그분에 대한 감사의 마음을 잊지 못한다.

나만의 카페에 누워본다. 파란 하늘 아래 흰 구름이 두리둥실 떠다닌다. 한동안 잊고 살아온 분들의 활짝 웃는 모습이 구름 속에 엿보인다. 오월의 나뭇잎 사이사이에는 보석 같은 햇살이 마구 쏟아진다.

상고대와 함께 사라진 작은 꿈

창문을 통해 들어선 햇살이 눈언저리에 앉아있다. 매서운 날일수록 햇살은 창창하다. 기지개를 켜며 창문을 열자 눈이 휘둥그레진다. 상고대가 하얗게 내렸다.

집집이 지붕마다 슬몃슬몃 온기가 피어난다. 하루를 시작하는 신호이다. 실내의 온기가 지붕을 녹여주는 모습이 한 폭의 수채화다.

아침 식사 준비에 콩콩대지 않고 여유를 누리게 된 것은 새벽에 남편이 외출한 덕이다. 남편은 어슴푸레할 무렵 모임에서 여행을 떠났다. 일 년 내내 밥솥에 밥이 없으면 안 되는 우리 집, 남편의 배는 밥 배다. 모임에 가더라도 꼭 몇 수저의 밥을 먹고 나간다. 서녁 모임에 나녀와서노 밥솥 뚜껑이 서너 번은 열린다. 조금만 먹겠다는 첫술이 그에 평소 식사량을 채우고 만다.

가끔 아침상을 차려놓고 밥을 푸려고 하다가 당황할 때가 있다. 밤사이 밥도둑이 다녀간 것처럼 밥솥이 텅 비어있다. 전기 코드라도 빼놓으면 속지나 않지. 허둥지둥 밥을 안치고 나면 밥은 또 왜 그리 더디게 익는 것인지, 연거푸하는 바쁘다는 말이 귓전을 때린다. 부랴부랴 덜 익은 밥을 내놓고 나면 타박이 기다리고 있다. 그런데 이런 날일수록 이상하다. 인부들의 찬거리가 떨어지거나 느닷없이 손님이 들이닥쳐 종일 가스렌지 앞을 못 벗어난다. 지나온 일들을 떠올리다 뒷문으로 들어와 밥솥의 코드를 뺐다.

오늘 식사는 우아하게 간단히 먹을 요량이다. 식빵 한 쪽에 달걀부침, 커피 한 잔이 아침 식사다. 점심은 주스와 햄버거, 저녁은 피자나 양식으로 정해놓았다. 아침상부터 준비한다. 달걀부침은 반숙으로, 빵은 바싹하게 잘 구워서 넓은 도자기 접시 위에 담는다. 한쪽으로 빨간 남천잎과 열매도 올린다. 의자에 앉은 자세가 곧추세워진다. 마치 고급레스토랑을 찾은 것 같다. 내친김에 딸이 사준 향기가 나는 촛불도 켰다. 내가 나를 대접하는 날이 있다니 왜 진즉에 못 해보았나 싶다.

거실 안으로 햇살이 가만가만 들어온다. 점심시간이 다

가왔다는 게다. 그런데 아까부터 내 뱃속에서 자꾸만 꾸르룩꾸르룩 소리가 난다. 밥을 달라며 남편보다 더 칭얼댄다. 점심을 햄버거로 먹었다가는 뱃속이 까무러칠 듯하다. 음식을 바꾼다고 없던 우아함이 별안간 생기겠는가.

상고대가 내렸을 그 짧은 시간만큼은 한껏 교양을 뽐내보고 싶었다. 나만의 우아한 식사를 즐겨보려 했으나 어딘지 어색하고 싱겁다. 별 거 아니다.

창밖의 상고대는 한나절 햇살처럼 녹아버렸다. 상고대와 함께 내 우아한 꿈도 떠났다. 짧은 낭만이 한 컷의 추억을 남기고는 꿈결처럼 어디론가 훌쩍 가버린 것이다. 어쩌면 상고대는 남편의 외출을 알아채고 내 마음을 다독여주려고 왔는지도 모르겠다.

내 손은 어느새 밥솥 뚜껑을 연다. 냉장고 안의 고추장과 나물 반찬을 죄다 꺼낸다. 오목한 양푼에 밥과 반찬, 고추장을 넣고 참기름 한 방울 떨어뜨려 썩썩 비빈다. 평소 모습으로 돌아온 나는 세상에서 제일 맛있는 비빔밥 한 양푼을 순식간에 해치웠다.

화롯불 카페

상강이 지났다. 첫서리가 내린 시월의 마지막 날, 햇살이 눈부시다. 서서히 녹아내린 서리는 각종 채소에 달짝지근한 맛을 낼 수 있는 자양분이 될 것이다. 이 즈음부터는 따끈한 차를 찾게 된다.

포트에 물을 올린다. 그런데 어쩌나. 즐겨 마시는 커피믹스가 떨어졌다. 알 커피를 타서 마시니 쓰다. 할머니와 함께 처음으로 마시던 그 까만 커피 맛이다.

조무래기 시절, 작은옥골에 사는 윤정이 할머니가 큰 마을인 우리 집에 마실을 오셨다. 동백기름을 발라 윤기 흐르는 머리카락을 틀어 구리 비녀로 쪽을 진 윤정이 할머니, 한복 치마 속에 한 손이 감춰져 있었다. 귀한 선물을 들고 오셨다는 것을 알 수 있었다. 봉당에 오른 윤정이 할머니는 하얀 고무신을 가지런히 벗어 놓고 방으로 들어오셨다.

화롯불 앞에 앉아 내민 선물은 고동 색깔의 봉지에 빨간색의 선과 혼란스러운 글씨가 쓰여 있었다. 그분의 큰딸이 미국에서 살고 있었는데 귀한 선물을 보내왔다며 까만 커피를 들고 오신 것이다. 큰딸이 시킨 대로 커피 마시는 방법을 우리 할머니에게 가르쳐 주었다.

할머니는 한쪽 귀퉁이에 있던 삼발이를 화롯불 위에 올렸다. 그리고 일곱 식구가 장을 끓여 먹던 뚝배기에 물을 가득 담아 삼발이 위에 얹고는 인두로 불꽃이 활하도록 뒤적였다.

한참 만에 뚝배기 안 밑바닥에서 자디잔 하얀 포말이 오르기 시작했다. 그사이 마실꾼이 늘어 윗단말에 사는 명호 할머니, 뒤째에 사는 재병이 할머니, 종석이 할머니, 숙영이 할머니, 재원이 할머니, 골말에 사는 재춘이 할머니까지 빙 둘러앉았다.

담소를 나누던 누군가가 엊저녁에 또 진탕 술을 마신 할방구로 인해 속상한 이야기를 털어놓았다. 이어 고놈의 술이 원수라며 이집 저집 곤드레만드레 되어 동리 망신살이 뻗친다는 속앓이가 길게 이어졌다. 나갔다 하면 술타령인 할아버지들 때문에 속 터지게 하는 원인 제공지가 구판장이라는 목소리가 커질 무렵, 뚝배기에서 물이 부글부글 끓기 시작했다.

한바탕 쏟아낸 넋두리는 뚝배기에서 올라가는 수증기에 태워 날려 보내고 할머니들은 커피 맛을 기대하며 환하게 웃었다.

윤정이 할머니가 시키는 대로 끓는 물에 아버지가 제대할 때 가져온 오목한 군인 수저로 수북하게 너댓 번을 뚝배기 안에 넣었다. 그리고 사카린을 넣어 젓고는 국자로 떠서 각자 국그릇에 담아 마시기 시작했다. 나도 후후 맛을 보았다. 앗! 그런데 너무도 쓰고 떫은맛이었다. 사카린을 더 넣어 마셔 보지만 쓴맛은 여전했다. 그래도 미제인데 한 그릇을 다 마셨다. 할머니는 귀한 것이니 이왕 모인 김에 더 마시자며 양은 냄비에 물을 담아 풍로에 불을 붙였다. 그렇게 사랑방 카페 손님들은 늦은 점심때가 지나서야 모두 일어섰다.

저녁이 되니 집집이 군불을 지피고 밥을 안치느라 굴뚝으로 솟아오른 하얀 연기가 마을을 에둘렀다. 석양의 노을에 맞닿을 것처럼 휘날리다 바람에 한바탕 춤을 추곤 사라졌다.

밤은 금세 찾아들었다. 한 이불 속에서 할머니의 젖가슴을 매만지거나, 팔뚝 살을 조물거리며 잠이 들던 평소와는 달리 그날은 영 잠이 오지 않았다. 자정이 다 되어가도 맹숭맹숭할 뿐 눈은 말똥거렸다. 그 와중에 소피는 왜 그리 자주 마려운지. 점점 눈알에 모래가 들어간 것 같아 칭얼대기 시작했다. 할머니도 잠이 오지 않는 이유가 무슨 조화인지 모르겠다며 누웠다 일어나기를 반복했다.

자정이 한참 지난 후 할머니가 나를 데리고 나가셨다. 특단의 민간신앙을 떠올렸던가 보다. 할머니는 헛간 옆 닭장 앞에 나를 세워놓곤 두 손을 모아 빌라고 하셨다. 그래야 단잠을 들 수 있다기에 할머니의 주문을 따라 '제발 잠 좀 들게 해주십시오.'라며 두 손을 모아 빌고 빌었다. 닭들이 멀뚱멀뚱 우리를 쳐다보고 있었다. 이따금 야밤에 손주들이 뒷간을 자주 찾을 때면 할머니는 닭장 앞에 서게 하고는 밤에 뒷간을 가지 않게 해달라며 빌라고 한 적은 있었다. 이번처럼 잠이 오지 않아 빈 적은 처음이었다. 그 덕분이었는지 새벽녘에서야 곤히 잠이 들었다.

커피의 성분을 모르고 마셨던 그 시절은 미제라면 최고로 알던 때이다. 요즘이야 커피 대접은 기본이며 밥보다 더 흔한 것이 커피다.

사랑방에서 함께 커피를 마시던 할머니들은 모두 고인이

되셨지만, 구리 비녀로 쪽을 찌고 한복을 곱게 입으셨던 모습은 기억 속에 머물고 있다. 커피를 마시며 옛 추억을 꺼낸 하루가 구수하다.

시대에 발맞추기

황금돼지해 설 연휴 마지막 날이다. 손자를 비롯해 친지와 자식들이 돌아가니 마음이 허전하다. 손자가 만두를 만든다며 주물러댄 밀가루 반죽도 딱딱하게 굳은 채 텔레비전 앞에 놓여있다. 손자의 감촉인 듯 햇살은 거실 창가에 기댄 내 어깨를 감싸 안는다.

이제까지의 명절은 음식을 준비하는 데 많은 시간을 보냈다. 올해부터는 제사음식의 가짓수를 줄였다. 전 종류는 전문집에 맞췄다. 흰 떡은 한 말만 빼서 먹을 만큼만 썰고 가래떡은 농장직원들에게 돌렸다. 만두의 양도 절반으로 줄었고 제사상에 늘 단골로 올랐던 과자와 나물도 뺐다. 다른 음식도 먹을 만큼씩만 했다. 동서 역시 탕국까지 남기면 안 된다며 알뜰하게 상차림을 준비했다.

우리의 고유 명절을 아예 외면하려는 것이 아니다. 며느리를 위해서도, 점점 나이가 들어가는 나를 위해서도 결단을 내려야 했다. 무엇보다 남아도는 음식이나 제사 후 버려지는 음식을 조금이라도 줄이고 싶어서다. 그렇게 음식을 간소하게 준비한 만큼 몸도 덜 고단했다.

우리 집은 십여 년 전부터 기제사를 한꺼번에 지내고 있다. 한식이 지난 그다음 주 토요일 날 밤에 조상님 제사를 지낸다. 예전 같으면 설날 밤에 지내야 하는 할아버지의 기제사 준비에 무척이나 바빴을 게다. 이렇게 결론이 나기까지 어머님과의 의견충돌이 왜 없지 않았겠는가.

조상 대대로 모셔왔던 기제사를 한 번으로 줄인다는 며느리가 미워 거친 말도 서슴지 않으셨다. 의사의 진단보다 샤머니즘을 더 가까이하는 어머님이 전통의식을 거슬렀다가 혹여 탈이 있지 않을까 두려워하는 마음 모르지 않는다. 그러나 며느리 처지에서 보면 흐름을 받아들일 시기인 듯했다. 앞으로 신세대 며느리들이 그 잦은 제사를 다 지낼 것인지는 장담할 수가 없는 일이었다.

제사 문제로 가정파탄이 일어나는 일이 빈번한 세상이다. 우리 집도 시대에 발맞춰 살아야 할 것 같아 어머님과 긴긴 줄다리기에 들어갔다. 11년을 넘게 명절 때만 되면 나는 줄기차게 제사를 줄여야 한다고 주장했다. 그사이 허리가 굽어 지팡이를 짚게 된 어머님은 할 수 없이 승낙하셨다. 시어머님의 허락에 감사하기도 하고 조상님께 송구하기도 하여 명절 음식만큼은 옛 방식을 따르려 했다. 하지만 이제는 명절 음식도 줄여야 한다.

명절이란 조상님께 올리는 음식보다, 모처럼 가족이 모여 추모하는 자리가 더 뜻깊다고 본다. 손주의 재롱을 보며 자식들과 함께 남편을 태어나게 해 준 부모, 또 그 위 조상을 생각하며 이야기를 주고받는 자리라고 생각한다. 그렇게 서로 화기애애한 명절이면 흡족하다.

이제까지 안주인들의 노고가 너무 컸다. 그러나 시대는 이미 여성 위주로 흘러가는 시대다. 옛 방식을 고집하다 보면 주부들의 볼멘소리를 무슨 논리로 잠재울 것인가. 이번 설에도 명절증후군을 소재로 쓴 기사가 쟁점이다.

직장에서 어느 정도 인정받는 두 여성이 시댁의 제사 때문에 며느리이기를 포기한다고 선언했다는 내용이 충격이다. 마음이 어수선했다. 되짚어 보면 며느리가 기제사를 한번에 모신다고 했을 때 어머님이 몸져누우실 만했다. 만약 내 며느리가 저 여성들처럼 제사 때문에 며느리이기를 포기한다고 외친다면 나도 마음을 크게 다쳤을 것이다. 누가 옳고 그르고의 문제가 아니라 시대가 이끄는 대로 따라가는 것이 순리라고 본다.

커피믹스 한 잔을 마시며 생각에 잠긴다. 며느리로 살 때의 나와, 이제 시어머니라는 위치에 있으면서 잘하고 있는 것인지 선뜻 답이 나오질 않는다. 다만 명절의 의미에 어긋나지 않고 온 가족이 함께 모여 오순도순 잘 지냈다는 것에 감사할 뿐이다.

오랜 친구

뽁뽁이에 싸인 물건을 꺼낸다. 자고 나면 새 제품이 쏟아지는 시대에 30여 년 전 디자인의 보온병이 출시되고 있음이 놀랍다. 쓰던 몸통에 새 마개를 돌린다. 아귀가 딱 맞는다.

얼마 전이었다. 외출하려고 뜨끈한 물을 담아 뚜껑을 닫으려는 순간 마개가 헛돌았다. 살펴보니 열 손실 방지를 위한 이중차단의 틀이 삭아 부스러졌다. 30여 년간 뜨거운 물을 식지 않게 하느라 마개가 망가지고 말았다. 마개가 망가지니 몸통도 초췌해 보였다.

아폴로 보온병과의 인연은 큰아이를 낳고 젖을 뗄 무렵이다. 아이에게 분유를 줄 때나 이유식을 줄 때 꼭 필요했다. 외출할 때마다 가방 안에 담겨 세 아이가 따뜻한 이유식을 할 수 있었다. 오랜 세월 함께하는 동안 땅바닥에 곤두박질 당하기도 여러 번, 상처로 남은 흔적이 울룩불룩해도 보온력은 어느 제품보다 월등하다.

마트와 그릇 가게를 수시로 들러보았다. 아귀가 맞는 제품을 찾아보았지만 없었다. 그러던 차 청주를 다녀오던 길에 큰 그릇 가게가 보였다. 유독 보온병 진열대가 한눈에 들어왔는데 순간, 눈이 확 뜨였다. 내가 찾던 원형의 아폴로 보온병이 턱 하니 있는 게 아닌가.

나도 모르게 보온병을 꼭 끌어안았다. 친구의 목소리가 들려오는 것만 같았다. 수화기 너머로 그렁그렁 가래 끓는 소리로 우는 친구를 끌어안은 것만 같았다.

아폴로가 수납장으로 이동할 무렵, 나는 경제적인 사정으로 많이 힘이 들었다. 그 시기에 서울에서 이사를 와 식당을 하게 된 한 여인을 만났다. 마침 아이들도 같은 반이어서 자연스레 친구가 됐다. 항상 생글생글 웃는 친구는 시 쓰기를 좋아해 지역신문에 자주 글을 올렸다. 바쁜 와중에도 책 읽는 모습이 부러워 나도 문학에 관심을 두게 되었다.

친구는 항상 상대를 먼저 배려한다. 남을 먼저 생각하다 보니 이웃들과 틀어지는 일이 없었다. 식당을 찾는 단골손님들을 보면 형제자매처럼 다정해 보였다. 친구는 식당에서 일하고, 나는 일꾼들 밥을 해주고 나면 쉬는 시간이 비

숫했다. 그 자투리 시간에 만나 글쓰기에 관해 이야기를 주고받았다. 그러던 어느 날 친구가 먼저 음성으로 글쓰기 공부를 하러 가자고 했다. 가고 오는 시간이 만만한 길이 아니었다.

친구도 나도 점심 준비를 위해 새벽부터 반찬을 만들고 부지런히 움직였다. 10시부터 시작되는 공부지만 늦어도 11시 30분까지는 각자의 일터에 와 있어야 했다. 2년여간 화물차를 타고 굽이굽이 돌아야 하는 음성 길을 오갔다. 길에서 빼앗기는 시간이 많아도 신이 났다.

그 무렵부터 친구가 아프기 시작했다. 워낙 왜소한 체격으로 식당일을 하니 잔병이 올 수밖에 없었다. 친구네는 서울로 이사를 결정했다. 가슴이 시렸다. 친정 피붙이와 다름이 없는 친구가 떠나자 의지가지가 없는 나는 몸무게부터 쑥쑥 줄어들었다.

서울로 간 친구와 전화로 목소리 듣는 것을 위안으로 삼았다. 그러던 어느 날 친구에게서 전화가 왔다. 갑상선암에 걸렸는데 그 괘씸한 놈을 뚝 떼버린 후 연락을 주겠다고 했다. 그런 친구가 한 달이 가고 넉 달이 지나도록 목소리를 들려주지 못했다. 달려가고 싶었지만 목소리가 안 나온다며 기다려달라는 메시지만 왔다. 그 후 8개월 만에 전화가 왔다.

"나여, 나여."

한참 만에서야 알아들었다. 내 목은 이상이 없는데 가슴이 메고 목이 탁 막혔다. 친구도 나도 서로 말을 잇지 못했다. 몇 개월 만에야 나온 두 글자, 친구가 살아 돌아왔다. 내 목울대에서 친구의 목소리까지 합한 큰 목청이 터져 나왔다.

"고생 많았어. 고마워, 고마워."

친구는 요즘 운동과 식이요법에 많은 관심을 기울인다. 사람이 살아가는데 돈보다 더 중한 것이 인연으로 맺어진 만남이다. 사물도 마찬가지다. 아무리 귀한 것이라 할지라도 마음이 가지 않으면 정들지 않는다. 오랜 시간 살 비벼 정들어가듯 사물도 손때 묻은 것이 좋다. 30여 년의 손때 묻은 보온물병이 새로 태어나듯, 내 오랜 친구도 활기를 찾게 되어 나도 덩달아 기운이 난다.

바지랑대

　설 명절 연휴가 끝났다. 찬바람은 불어도 햇살은 투명하다. 가족들이 제 집으로 돌아간 빈자리에는 빨랫감이 수북하다.

　바람을 등지고 빨래를 넌다. 빼곡하게 널린 빨래가 힘에 겨운지 빨랫줄이 축축 처진다. 집게로 집었지만 날아갈 것 같은 위태로움, 갈피를 못 잡는 모습에서 지난날의 힘겨웠던 시절을 떠올린다.

　처진 빨랫줄보다 더 흔들리던 때가 있었다. 금방이라도 뚝 끊어져 땅바닥으로 추락할 것 같았던 가난의 끈. 어떻게 버텨 나가야 하는지 막막했다. 땅 없는 농부가 성공한다는 것이 만만치 않았다. 이를 악물어 보지만 세상살이 거친 바람 앞에서 지쳐만 갔다.

남편은 축산과를 전공했다. 언젠가는 큰 농장주가 되겠다는 꿈을 꾸었다. 큰 농장의 농장장으로 근무하던 어느 날 사표를 냈다. 조금의 돈을 가지고 돼지를 키워보겠다며 작고 허름한 농장을 얻었다. 헛간보다 더 형편없는 막사에서 새끼도 못 키워보고 꿈은 수포로 돌아가고 말았다. 사료 판매원으로 나서기도 했다. 그도 오래 가지 못했다. 다른 직업으로 바꿔보려 했지만 특별한 기술이 없다. 추락할 것 같았던 막바지에 어머님이 계신 고향으로 들어갔다.

몇 해 동안 근처의 농장에 다니면서 돈을 모았다. 그 돈에 몇 십 배에 해당하는 빚을 얻어 마을 외곽에 터를 샀다. 문제는 축사를 지을 돈이 없었다. 그때 마을 분들이 힘을 보태줬다. 어떡하든 축산으로 성공하겠다는 의지가 엿보였던지 남편의 친구가 먼저 나서주었다. 댐 공사현장에서 나온 중고 파이프를 싣고 와 기둥을 세웠다. 형님들은 콘크리트도 쳐주고 지붕 공사도 도와줬다. 후배 한 분은 농장 옆에 집을 지으라며 통장을 들고 왔다. 받지 않겠다는 우리와 집을 짓고 난 후 천천히 갚으라는 후배와의 줄다리기는 삼 개월 동안 이어졌다. 이웃이 바람을 막아주고 흔들리지 않도록 지지대가 되어 준 것이다. 또 다른 이웃들은 언덕배기가 되어 비비고 의지할 수 있도록 끊임없이 용기를 주었다.

지쳐있을 때 누군가 다가와 말 한마디만 따뜻하게 건네 줘도 희망을 잃지 않는다. 용기를 얻는 것만으로도 처지지는 않는다. 흔들리면서도 자리를 지켜낼 수 있다.

빨랫줄의 옷들을 살펴본다. 하나같이 애환이 가득 실려 있는 것 같다. 사는 게 힘이 든다며 넋두리하듯 펄럭인다. 이럴수록 튼튼한 지지대가 필요하다.

긴 장대를 찾아 어슷하게 장못을 박았더니 바지랑대가 제대로 만들어졌다. 빨랫줄의 중앙을 힘껏 치켜 올려준다. 우뚝 솟은 저 든든한 모습, 또 다른 이웃들이다. 흔들리면서도 꽃 피우려는 이들을 만나면 나도 덩달아 기운이 솟는다. 처음의 시작점을 잊지 않으려 노력해왔듯, 앞으로도 바지랑대가 되어준 인연들을 생각하는 마음이 변치 않길 기도한다. 도움을 주던 그분들처럼 이제는 우리도 누군가의 언덕이 되어보려고 한다.

나들이

봄을 찾아 나서고 싶은 날이다. 혼자 떠나기 썰렁하여 번개 치듯 지인에게 전화를 걸었다. 다행히 함께 갈 수 있다는 답이다.

세 여인이 함박웃음을 지으며 차에 올랐다. 목적지는 가면서 정하기로 하고 청주 방향으로 달린다. 하루도 아닌 몇 시간의 봄맞이에 마음이 들떠있는 자신이 놀라웠다. 겨우내 몸과 마음이 허했던가보다.

오창을 지나 호반의 명소로 부상하고 있는 문의문화재단지로 길을 튼다. 오늘 같은 날은 목적지가 중요치 않다. 여우같은 봄바람과 물오른 나뭇가지, 싹을 틔우는 새순을 바라보는 것만으로도 넉넉하다. 대청호의 남실대는 물결을 보며 문의로 들어선다.

문의문화재단지를 다시 찾게 된 건 오랜만이다. 몇 해 전, '충북인 문학축제'가 있을 그때는 밤길이어서 둘러보지 못했다. 봄볕에 환한 얼굴을 내밀며 '양성문'을 넘어선다. 언덕 위에 올라서니 살 속으로 파고드는 봄바람에 몸이 움츠러든다. 완연한 봄이 아니라며 새침 떠는 바람을 피해 대장간으로 들어섰다.

고유의 전통문화를 재현하고자 조성한 대장간은 변함없이 인기가 좋다. 농업용이나 다용도로 쓰이는 기구를 직접 만드는 대장장이는 분주하다. 대장간을 찾은 한 무리의 관광객들도 옛 정취를 생각하며 연장을 산다. V자형의 호미가 궁금하여 물어보니 잡풀을 뽑는 기구라 했다. 마당에 풀 뽑을 때 필요할 것 같아 사 들고 오솔길을 따라 오른다.

양지바른 언덕에 자잘한 야생화가 꽃을 피웠다. 개불알꽃이라고 지인이 일러준다. 옅은 청자색의 둥근 꽃잎 안에 청순한 자태를 지닌 줄무늬의 흰색 꽃잎이 중심을 지키고 있다. 작지만 당차 보이고 심지가 굳어 보인다. 자세히 들여다볼수록 힘을 주는 까닭은 과연 무엇일까. 겨울을 이겨내고 뚝심으로 꽃을 피워서일까. 그렇다면 나는 왜 당찬 마음심을 뿌리내리지 못하고 있는 것인지. 늘 바람을 디며 중심을 잃는다.

집안일을 벗어나 어디쯤엔가 나만의 뿌리를 내려 꽃을 피워보고 싶다. 그렇다고 어떤 꽃으로 피었으면 좋겠냐면 머뭇거릴 게 뻔하다.

'낭성 관정리 민가' 앞을 지나려니 마을 어르신들이 구경하고 가라며 부른다. 들여다보니 짚으로 새끼를 꼬아 동구미와 바구니 등을 손수 만들고 계셨다. 어린 시절 겨울 저녁이면 윗방에 앉아 할머니와 엄마는 늘 새끼를 꼬았다. '스락스락' 거친 양 손바닥으로 지푸라기를 비벼 꼬이던 새끼 꼬는 소리가 잠결에 들려오듯 두 분의 모습이 그립다.

미술관을 돌아 나오는 오솔길에 조각 작품 앞에 발길이 머문다.

'미세의 정원에 들어가서야 시인은 꽃의 배아를 알게 되는 법이다.' 프랑스의 철학자 가스통 바슐라르의 구절에 눈이 또렷해졌다. 허한 마음을 다지고 싶어 나선 길에서 내가 보인다. 남들처럼 향기로 가득한 꽃으로만 살고 싶은 허영이 컸기에 마음심을 잡지 못한 게다.

내가 알고 지내는 몇몇은 항상 당당하게 살아가고 있다. 취미생활에서부터 직장생활과 봉사활동까지 다 잘하는 만능인이다. 한 언니는 힘든 농사를 지으면서 글도 잘 쓴다. 생각도 넓을 뿐 아니라 늘 공부를 하고 정치에도 관심이 많다. 그 힘든 상황에서도 용기를 잃지 않는다. 그분들에 비교해 나는 소심할 뿐만 아니라 열정을 갖고 무엇을 이뤄 보질 못했다. 스스로 돈을 벌어본 일도 없고, 봉사도 못할 만큼 잘하는 게 없다.

자책하며 돌아 나오는 길에 '야 신난다'의 자전거 타는 조각과 '꿈 마중'의 가족 모습이 한눈에 들어온다. 소소한 삶, 거창하지 않지만 차분하게 살아가는 가족을 발견한다. 내 주위로 잔잔하게 살아가는 이웃도 많다. 평범한 꽃이 가장 평화롭다는 것을 잊었다. 나도 그네들처럼 비슷하게 무리를 지어 살아가고 있다. 소소한 꽃일수록 씨앗도 단단하고 뿌리 또한 튼튼하다는 걸 깨닫지 못했다. 평온해진 어깨에 햇살이 든다.

종종 소녀 같은 마음으로 나서련다. 울타리 안에 갇혀 있으면 생각도 갇히게 된다. 좀 더 넓게 바라볼 때 지금의 자리가 가장 소중하다는 걸 깨닫는다. 오는 내내 수다를 떠는 세 여인의 입 꼬리가 길게 올라간다.

모자이크병

    배추와 무가 귀하다는 소문이 돌아 오일장에 들렀다. 장꾼이 북적북적하다. 새우젓 장사가 지나치는 장꾼에게 맛을 보라며 권한다. 옆에 좌판을 펼친 생선 장수는 손뼉까지 치며 목청을 높인다. 겨우내 먹을 김장거리가 경운기와 화물차에 잔뜩 쌓여있다. 산간지역 위주로 모자이크병이 돌아 흉년이라던데, 그 와중에도 누군가는 농사를 잘 지었는지 싱싱한 김장거리가 쌓여있다.

    엊그제 옛길을 따라 강원도를 다녀오다가 누렇게 뜬 배추밭을 자주 목격했다. 가을 내내 땀 흘렸지만 헛농사를 짓고 만 농부만큼 나도 한숨이 절로 나왔다.

    영월을 넘어오기 전 길가 옆에 정자가 있어 쉬기로 했다. 정자 아래 넓은 밭에도 누렇게 병든 배추가 많았다. 외국인

노동자들과 상품이 될 만한 배추를 가려서 뽑는 주인에게 배추가 왜 이리 병이 들었느냐고 물었다. 모자이크병에 걸렸다고 한다. 올해는 유독 고랭지 배추가 병이 심하다며 고개를 젓는다.

모자이크병은 주로 과일이나 채소의 잎에 나타나는 바이러스 균이다. 배춧잎이 누렇게 떠서 시들시들할 뿐만 아니라 병이 든 것들을 깨끗이 처리하지 못하면 균이 다시 살아난다. 진딧물에 의해 전염되는데 기주 범위가 빠르게 퍼져 해마다 농부들이 애를 먹는 병이다. 배추밭의 누런 떡잎들을 쳐다보다 불현듯 싱싱함은 어디로 가고 누렇게 시든 그녀의 얼굴이 떠오른다.

나는 그녀를 바보 언니라고 부른다. 타고날 때부터 천성이 너무 선한 탓인지 '힘들어요, 싫어요, 안 해요'라는 말을 못 한다. 제발 표현 좀 하고 살라며 20여 년을 외쳤지만 주위의 기에 눌려 자신의 마음을 드러내지 못한다. 그러면서도 화가 쌓여 터지기 직전이면 꼭 속내를 털어놓고자 전화가 온다.

시어른과 함께 사는 언니는 둘째며느리다. 내년이면 칠십 줄에 들어서는 언니가 얼마 전 암 수술을 받았다. 디스크가 심해 허리 시술까지 했다. 그런 몸으로 하루하루 막노

동을 하며 생활비를 벌고 있다. 남편의 벌이가 적어 매달 찾아오는 제사와 시부모님의 생활비까지 보태지 않을 수 없다. 그런 언니를 시댁에서는 가정부쯤으로 여긴다. 화장 한번을 제대로 못하는 언니와는 다르게 아흔이 넘은 시어머니는 멋쟁이다. 빨간 입술에 손톱에는 빨강의 매니큐어를 바르고 모자와 선글라스를 착용한다. 멋을 내는 시간의 절반만이라도 집안일에 신경 써 준다면 좋을 텐데 관심 밖이다. 시어머니는 눈치가 백단이다. 언니에게 쌈짓돈이 생기면 용케도 알고 빼앗다시피 가져간다.

언니가 수술을 하고 막 퇴원했을 때다. 안부 전화를 하니 시끌벅적한 소리가 들렸다. 친지들이 갑자기 들이닥쳐 점심 준비를 한다고 했다. 듣고 있는 내 속에서 천불이 났다. 환자 맞느냐며 고래고래 소리를 질렀다. 수술을 하고 나면 병이 다 나은 거라며 확신하는 가족들보다 더 답답한 건 언니의 남편이다. 아내의 초췌한 모습을 보면서도 거절을 모른다. 명절과 제사, 휴가철마다 손님 치다꺼리를 하는 사이 바보 언니의 혈색은 누런 배춧잎을 닮아간다.

배추에 모자이크병이라는 바이러스가 한 번 침투하면 아무리 싱싱한 배추도 이겨내지 못하고 끝내 쓰러지고 만다. 이 잔인한 균이 순하디순한 언니에게도 침투한 것만 같아 안타깝다. 대명천지 밝은 세상에 이런 시집살이를 하는 며느리가 어디 또 있을까. 그 부당함을 과감하게 떨쳐버리지 못하는 여인의 하소연을 듣자면 나도 바이러스에 감염이 되는 듯하다.

이제 김장철이 지나면 누런 잎의 배추도 싱싱한 배추도 한 생을 마감한다. 따라서 모자이크병을 일으킨 그 못된 균도 엄동설한을 거치는 동안 소멸하고 말 것이다. 그리고 내년에 새 삶을 시작하는 배추는 싱싱한 삶을 살 수 있을 것이다. 모쪼록 내년에는 언니도 싱싱한 삶을 살 수 있기를….

지켜보는 재미(1)

김수자 수필가의 인도 여행기를 읽은 뒤 막연히 인도여행을 꿈꾸어왔다. 올해 설을 쇠자마자 열 팀의 농부가 의기투합해 출발하였다.

인도에 대한 정보는 단순하다. 중국 다음으로 인구가 많으며 빈부격차가 심하고 치안 상태가 불안하다는 것, 그리고 고기를 먹지 않는 나라로 알고 있다.

'천국과 지옥이 공존'한다는 인도로 향하는 길은 비행부터 인내해야 했다. 방콕까지 여섯 시간, 그리고 다시 인도의 수도 뉴델리까지 다섯 시간여를 더 날아가야 한다. 비행기가 끝이 아니다. 계획한 곳을 여행하려면 보통 다섯 시간여 이상을 버스로 이동해야 했다.

친절하고 신속하게 서비스하는 우리의 ㄷ 비행사 여승무

원에게 눈길이 간다. 항공사의 서비스만큼은 우리나라가 최고다. 아들 또래의 남자승무원 역시 훤칠한 키에 참 잘생겼다. 그런데 그 멋진 남자승무원이 나와는 건너편에 앉은 우리 팀의 회장님 부름을 자주 받는다. 다름 아닌 등받이에 장착된 TV를 켜지 못해서다. 승무원이 리모컨의 작동을 자세히 알려주고 돌아가면, 드라마와 음악이 나오지 않는다며 다시 부르고 또 부른다. 승무원의 이마에 땀이 맺혔다. 손님들의 식사와 커피 제공을 끝낸 직후라 더 피곤할 법하다.

안전을 점검하며 지나치던 승무원이 회장님 부부가 단잠에 빠진 모습을 바라보며 빙그레 웃는다. 그도 잠시다. 평생을 아침이슬 밟으며 농사를 천직으로 살아온 회장님은 짧은 잠에서 깼셨다. 또다시 승무원을 부르기 시작한다. 옆 좌석의 손님이 보고 있는 액션 영화가 나오지 않는단다. 리모컨 작동을 되풀이해서 알려주느라 지칠 만도 하건만 미소를 잃지 않는다. 이마에 송골송골 땀방울이 맺힌 승무원의 발걸음이 바쁘다. 보다 못한 내가 빙 돌아가서 눌러 주려고 일어서는 순간, 방콕 공항에 곧 도착 예정이라는 기내방송이 울렸다. 그런데, 기내방송이 끝나자마자 또 다급하게 승무원을 부른다.

"어이~어이."

"전기요금 나가니 빨리 꺼 주슈."

득달같이 달려온 승무원, 주먹 쥔 손으로 입을 가리며 웃음 참느라 애를 쓴다. 얼굴이 벌겋다. 때론 민망했지만 회장님을 지켜보는 재미에 여섯 시간의 비행이 지루한 줄 몰랐다.

지켜보는 재미(2)

방콕에서 인도 비행기로 갈아탔다. 나는 창가에 앉고 싶었지만 젊은 인디언 여성이 앉았다.

비행기가 이륙하고 안정적인 운항에 들어설 무렵 이 아가씨가 승무원을 부르기 시작한다. 오렌지 주스, 펩시, 물, 또다시 주스와 땅콩을 달라고 한다. 식사가 나오기 전까지 승무원의 발바닥에 불이 날 지경이다. 연신 음료를 마시면서 수시로 화장실을 들락거리니 나는 그때마다 일어나 줘야 했다. 다리만 옆으로 틀고 앉아서 비켜주다가는 내 코가 함지박 엎어놓은 것 같은 넓은 엉덩이에 짓눌리기에 십상이다.

인도식 기내식사가 나온다. 인도인이 느긋하다는 이야기는 들었지만, 앞줄부터 열 번째 앉은 내 자리까지 음식이

제공된 시간은 무려 40여 분이 걸렸다. 식사를 주다가도 자기들끼리 이야기를 하면 5분은 기본이다. 우리 승무원과는 판이하다. 참말 속이 터진다. 인도 수상은 우리 새마을사업을 본받아 추진할 거라는데 국민의 관습이 쉽게 개선될지 의문이다. 그사이 내 옆자리 아가씨는 또 화장실을 간다.

밥이 내 앞에 도달했다. 기다리다 지쳐 한숨이 저절로 나왔다. 뚜껑을 여는 순간 카레 냄새가 짙다. 탈이 생길까 봐 조금씩 먹고 있는데 옆자리 아가씨는 밥을 게걸스럽게 먹는다. 그리고 승무원을 다시 부른다. 뭐라고 영어로 말을 하더니 또다시 도시락과 콜라, 주스가 그녀의 밥상에 올려진다. 세상에나. 저 많은 밥이 다 어디로 들어가는 것인지, 무엇보다 앞으로 몇 번이나 화장실을 더 가게 될 것인지가 내 걱정이다. 그리되면 나는 참참이 일어나 줘야 한다. 예상은 빗나가지 않았다. 잠을 깊이 들 수가 없다. 아예 맨 뒤로 가서 서 있었다. 그 모습을 지켜보던 남편과 일행이 한마디씩 거든다.

"참 많이도 먹더니만, 뒷간도 부리나케 다니는구면."

자주 비켜줘야 하는 불편함은 있었지만, 우리와 다른 충격적인 식문화를 지켜보는 재미에 지루하지 않게 비행했다.

돼
지
도

그
래

박
윤
경
에
세
이